Die A-Karte

Eine queer-romantische
Fantasykomödie
nicht nur für Nerds

von Carmilla DeWinter

Bibliografische Information der Deutschen Nationalbibliothek: Die Deutsche Nationalbibliothek
verzeichnet diese Publikation in der Deutschen
Nationalbibliografie; detaillierte bibliografische
Daten sind im Internet über www.dnb.de abrufbar.

ISBN: 9783748139409

Für den Karlsruher Stammtisch
– und alle anderen, die sich vielleicht
wiedererkennen.

Hinweis zu den Sternchen:

Am Ende des Buchs befindet sich ein Glossar. Wenn Sie einen Ausdruck mit Sternchen nicht kennen, können Sie hinten nachschlagen. Menschen, die den Begriff schon kennen, verpassen nichts, wenn sie nicht nachschlagen.

Sonntag, 7. Mai 2017

Kühl und regnerisch

»Die Unten trauen dir nichts zu«, raunte Ulrich vom anderen Sessel her. »Meine Zielperson ist wenigstens glücklich verheiratet.«

Ich, meines Zeichens Inkubus im Dienste der höllischen Heerscharen, blätterte demonstrativ eine Seite weiter in der Akte über besagte neue Zielperson und widmete dem neidischen Kommentar meines Kollegen keine Aufmerksamkeit.

Luzia Morgenstern, unsere Vorgesetzte, zog es wie immer vor, die Stichelei zu überhören, und nahm einen Schluck von ihrem Mokka.

Tatsächlich schien dieser Benedikt Niehaus laut Akte ein leichter Fang für die Firma: Mitte dreißig, neu in der Stadt, Single. Sein extravaganter Kleidungsstil – grauer Anzug, gelbes Hemd, schmale Krawatte mit eingewebtem Lurex – wies darauf hin, dass er wohl eher einen Mann denn eine Frau suchte. Trotz der Hipsterhornbrille* mit passendem Undercut trug er keinen Bart, was ich sehr angenehm fand.

Typischerweise hatte es die Rechercheabteilung aber beim Nötigsten belassen und delegierte den Rest an das Bodenpersonal. Die Unten wussten wohl, dass es sonst noch langweiliger wäre.

»Gibt es noch Unklarheiten, meine Herren?« Luzias völlig schwarze Augen blickten mich über den Rand ihrer Mokkatasse hinweg an und schienen direkt in meine Seele zu schauen – oder in das, was eben stattdessen in meinem Inneren vorhanden war, denn die Seele war seit meiner ersten Begegnung mit Luzia vor knapp vierhundert Jahren verkauft. Oder besser gesagt, ich hatte sie an den Boss verpfändet.

»Gibt es ein Zeitfenster?«, fragte Ulrich. Der machte den Job sogar noch länger als ich und brauchte sowohl den Druck als auch den Wettbewerb, um seine Arbeit interessant zu finden. In seiner Freizeit frönte er mehreren gefährlichen Hobbys, unter anderem Basejumping.

Um Luzias Augen kräuselte sich die Haut zu einem winzigen Lächeln. Natürlich wusste sie, was wir dachten. »Ich meine, das ergibt sich von selbst.«

Ulrich nickte. Was auch immer in der Akte stand: Er strahlte, als hätte Luzia eigens für ihn einen neuen Extremsport erfunden. Auch ich fand mein Zeitfenster logisch: Sinnvollerweise sollte ich den jungen Mann umgarnen, bevor er hier in der Stadt Anschluss fand.

»Also dann. Bis nächsten Sonntag, meine Herren.«

Damit löste sich Luzia samt Mokkatasse in schwarzen Rauch und Schwefelgestank auf.

Ich verpackte die Akte über Benedikt Niehaus in meinen Rucksack, während Ulrich seine liegen ließ und sich gleich aus dem niedrigen Ledersessel wuchtete. »Kollege«, sagte er und tippte sich an die Stirn. Mit etwas gutem Willen konnte ich das als einen Salut statt einer Beleidigung auslegen.

Kindereien eben.

Ich folgte Ulrich aus dem Büro in einen hell erleuchteten Flur und von da aus auf die Straße. Der Kollege hatte sein hochgetuntes Motorrad wie immer direkt vor dem Haus im Parkverbot abgestellt. Ich hingegen hatte wegen des Regens auf mein Fahrrad verzichtet und schlenderte mit Schirm zur nächsten Straßenbahnhaltestelle.

Zwei Minuten später röhrte Ulrich entgegen der Einbahnstraße an mir vorbei, ohne Helm selbstverständlich.

Der Ärmste.

Zwar lästerte er immer über die mir zugewiesenen Aufgaben und überhäufte mich auch sonst mit Sticheleien, aber das war nur der Neid. In *meinem* Vertrag gab es nämlich eine Klausel über die Auflösung desselben. Dass die Bedingung eintreten würde, war unwahrscheinlicher als ein Sechser im Lotto, aber immerhin: Ohne meine blauen Augen hätte mich Luzia nicht so dringend bei den Heerscharen haben wollen, dass sie sich auf so etwas einließ. Angeblich waren Blauäugige vom Schicksal begünstigt und seltener verbittert genug, um ihre Seele dem Teufel zu verschreiben. Und ihnen wurde mehr Glauben geschenkt.

Mein Telefon pingte dezent. Ich grub es aus meiner Hosentasche. Werbung für preisreduzierte

E-Bücher von den Kollegen aus dem Versandhandel. Unter den Vorschlägen war ausnahmsweise Science Fiction, die interessant klang, also lud ich die Kurzgeschichte herunter.

Ein Umweg über ein lauschiges Café, eine heiße Schokolade zum Aufwärmen und etwas Leckeres zu lesen, das wäre jetzt nicht verkehrt.

Einerseits ... ich blickte zum wolkenverhangenen Himmel, dann auf die Uhr. Halb zwölf mittags. Eigentlich sollte ich mich in Richtung der Wohnung meiner neuen Zielperson schwingen und diese ausspionieren. Die Zeit drängte, etc.

Andererseits waren zehntausend Wörter in einer guten halben Stunde gelesen, und Singles saßen bekanntlich alle sonntags einsam in ihren Wohnungen. Ob ich den Benedikt Niehaus um zwölf oder um eins bei seinem Wochenendblues erwischte, war gleichgültig.

— — — — —

Gruppe asKA*
<u>Jonah:</u>
Hiermit will ich Benedikt willkommen heißen. :)

<u>Benedikt:</u>

Vielen Dank für die Aufnahme. ^^

Benedikt Niehaus lebte im vierten Stock eines stylischen Neubaus, dessen südliche Fensterfront auf ein ebenso ultramodernes und ultraökologisches neues Viertel der ehrwürdigen Fächerstadt Karlsruhe blickte. Auf der erhöhten Promenade hinter dem Haus, von der Stadt und Architekten behaupteten, es sei eine Esplanade, flanierten daher trotz des Wetters zahlreiche Hipster.

Bei der Wohnung meiner Zielperson handelte es sich um einen Glaskäfig mit kleinem Balkon, dessen Tür offenstand. Da drin herrschte anscheinend jeden Tag Tropenfeeling. Entsprechend kühl fiel die Einrichtung aus: weiße Wände, weiße Bücherregale und, sehr sympathisch, ein Poster mit Captain Picard von der *Enterprise*.

Damit war klar, wohin uns das erste nächtliche Treffen führen würde.

Plötzlich trat Benedikt Niehaus höchstselbst auf den Balkon, weshalb ich den Kopf senkte und ihn nur noch aus dem Augenwinkel beobachtete. Er trug das kanariengelbe Hemd, in dem ihn die Rechercheabteilung erwischt hatte, ein dunkelgraues Sakko und einen Trilby in der passenden

Farbe. Roger Cicero sei Dank, der kleine Hüte aus der modischen Versenkung geholt hatte. Benedikt Niehaus schaute zum Himmel, zuckte mit der Nase, spielte mit seinem Handy und verschwand dann nach drinnen, um die Balkontür mit einem endgültigen Geräusch zu schließen. Jemand hatte wohl eine Verabredung.

Gut? Schlecht?

Ich stand auf und nahm die nächste Möglichkeit, um die Nordseite des Blocks zu erreichen. Als Benedikt Niehaus, beschützt von einem antiquierten Stockschirm, an der nächsten Ampel die Kriegsstraße überquerte, schlenderte ich hinterher. Da er recht groß war und dank seiner Erscheinung auffiel, hätte ich ihn selbst in einer überlaufenen Fußgängerzone an einem Samstagmittag gut verfolgen können.

Es ging tiefer in die Oststadt, offensichtlich vom Handy navigiert, bis wir nach einer viertel Stunde Spaziergang ein hipsterüberladenes Café namens *Gold* erreichten. Drinnen waren alle Tische besetzt. Auf einem davon stand eine Spardose in Form eines Kuchenstücks, und auf diese steuerte meine Zielperson zu. Das kitschige Porzellanteil schien als Lotse zu fungieren. Zwei Leute erhoben sich, als sie die Annäherung bemerkten. Eine davon trug ... etwas Flatteriges.

Mit einem »Nett, Sie kennenzulernen«-Lächeln schüttelte Benedikt Niehaus beiden die Hand. Wenigstens war es kein romantisches Date. Oder?

Heutzutage konnte man sich da auf nichts mehr verlassen.

Weil ich unentschlossen vor der Glastür stand, warf mir eine Bedienung einen fragenden Blick zu. Sollte ich mich hineinwagen?

Aber drinnen lief Musik, außerdem müsste ich mich an denselben Tisch setzen, wenn ich über all den anderen Gesprächen etwas Verwertbares erfahren wollte. Lieber drehte ich eine Runde um die nächste Ecke und kehrte unsichtbar wieder zurück.

Jetzt konnte ich mir ungestört an der Scheibe die Nase platt drücken.

Mittlerweile nippten die drei an ihren Getränken. Es war eine recht bemerkenswerte Runde. Neben Benedikt in seinem schnieken gelben Hemd gab es eben das Wesen mit dem pastellgrün-feenhaften Flatterkleid. Die junge Frau trug ein hennarotes Rattennest auf dem Kopf und zahlreiche Armreifen mit keltischen Knotenmotiven. Sie gestikulierte viel und ausladend.

Der andere junge Mann, mittelgroß und mit beginnender Plauze, wirkte dagegen unscheinbar in schwarzen Hosen und ebensolchem Band-T-Shirt. Dazu eine Nerdbrille.

Obwohl seine Kringellocken darauf hinwiesen, dass er einen Schwarzen Menschen in der näheren Ahnenlinie hatte, wirkte er blass. Er hatte seine Haare zu einem kurzen Zopf im Nacken zusammengebunden, lies: Ich habe keine Lust, mich um das Gestrüpp zu kümmern. Dieser Mann machte sicher irgendwas mit Computern und ernährte sich todsicher von zu viel Pizza.

Das Gespräch schien recht angeregt zu verlaufen, entgegen der Erwartungen, die man an eine solch gemischte Gruppe haben sollte. Irgendetwas wurde auf einem Telefon herumgezeigt. Eine Runde Kuchen folgte, der unter Grinsen fotografiert wurde, bevor die drei sich darauf stürzten.

Erst nach fast vier Stunden zahlten sie. Das Mädchen im Flatterkleid umarmte beide Männer und entschwebte zu einem Fahrrad. Als sie an mir vorbeiging, hörte ich ihre Armreifen klimpern.

Die beiden Männer schlenderten, einträchtig nebeneinander unter dem altmodischen Schirm, in Richtung des KIT, der durch den MIT-ähnlichen Titel upgegradeten Universität. Fetzen einer Lästerei über den letzten Star-Wars-Film wehten zu mir herüber. An der Haltestelle südlich des Campus stieg der Mann in Schwarz in eine Straßenbahn, und meine Zielperson trat wiederum einen vom Handy navigierten Fußmarsch nach Hause an.

Worüber hatten Menschen vier Stunden lang zu reden, die sich noch nie getroffen hatten? Außer Star Wars?

Andererseits war die moderne Welt ein seltsamer Ort – wer wusste, ob sie sich nicht im Internet verabredet hatten. Ob der genaue Treffpunkt ein Online-Bonsaiclub, ein Fetischforum oder eine

Literaturgruppe gewesen war, sah man den Leuten aus der Ferne selten an.

Meine Zielperson jedenfalls kaufte sich passend zum Outfit Sushi zum Mitnehmen und verschwand in ihrer Wohnung.

Da mich meine klamme Kleidung mittlerweile unangenehm an Dinge erinnerte, die ich lieber vergessen wollte, nahm ich die nächste Straßenbahn zu meiner Wohnung auf der anderen Seite der Innenstadt.

Dort holte ich selbstgemachte Lasagne aus dem Tiefkühlfach und warf die Mikrowelle an, um sie aufzutauen.

Gegen halb elf machte ich es mir auf meinem Sitzsack bequem, schloss die Augen und suchte die Träume des Benedikt Niehaus.

Zuerst umflatterten mich pastellfarbene Elfenkostüme, Rauch stieg aus goldenen Dreifüßen und formierte sich in der Luft zu Doodle-Umfragen. Unbrauchbar, wie die meisten Träume.

Ich winkte den Rauch beiseite und schälte die Brücke der *USS Enterprise* aus den Nebeln. Bald blinkten mich verschiedenfarbige LEDs an, die Systeme brummten satt und störungsfrei vor sich hin. Entgegen meiner Annahmen saß ich im Sessel des Kapitäns und Benedikt Niehaus am Platz von Mister Spock, des wissenschaftlichen Offiziers. Zwei gesichtslose Personen in roten Leibchen bewachten andere Stationen.

Ich hatte mich ja eher als Uhura gesehen, die Captain Kirk umgarnte, aber nun gut.

Eine Weile lang beobachtete ich Benedikt, der sich mit einer steilen Falte auf der Stirn über ein Display beugte.

»Sie arbeiten zu viel, Benedikt«, sagte ich schließlich. »Ihre Schicht ist seit zwei Stunden zu Ende.«

Er schüttelte den Kopf, wischte auf dem holographischen Display Paragraphenzeichen durcheinander. »Parteien Geld streichen«, murmelte er. »Unfug. Gibt nur Märtyrer.«

Dass eine solche Meinung die Hölle störte, war offensichtlich. Nachdem das NPD-Verbot mal wieder gescheitert war, meinten nun kluge Köpfe, dass man allen Parteien, welche die Verfassung abschaffen wollten, die Unterstützung streichen sollte. Ein willkommenes Fressen für meine Auftraggeber, da dies nicht nur die NPD betraf.

Aber zuerst musste ich eine, ahem, Beziehung zu Benedikt aufbauen. »Sie haben noch viel Zeit, um das zu recherchieren.«

Endlich schaute er mich an, seine Augen wurden weit. »Captain?«

»Ihre Schicht ist seit zwei Stunden vorbei. Meine endet gleich. Was halten Sie von einem gemeinsamen Absacker?«

Passend dazu betrat eine weitere gesichtslose Person die Brücke und nahm auf einem der freien Sessel Platz. »Melde mich zum Dienst, Captain.«

Ich nickte huldvoll. »Also, was ist, Benedikt? Muss ich Sie in die Freizeit befehlen?«

Er seufzte und folgte mir in den Aufzug. Die Türen zischten zu, es ruckelte, sie öffneten sich zu einer lauschigen Bar, die ich nicht kannte. Auch hier blieben das Personal und die übrige, ausschließlich männliche, Kundschaft gesichtslos. Ein Brummen von Kölschen Gesprächsfetzen umwaberte uns. Niemand schenkte unserer *Enterprise*-Kostümierung Aufmerksamkeit, obwohl wir diese rheinländische Schwulenkneipe offensichtlich nicht im Karneval erreicht hatten.

Ich bestellte zwei der hiesigen Biere in den lächerlich kleinen Gläsern, wir prosteten uns zu.

»Sie haben wirklich ein Händchen für das Holodeck«, spann ich den Faden weiter. »Sehr urig. Sehr gemütlich.«

Er neigte den Kopf, offensichtlich geschmeichelt. Nahm einen Schluck, leckte sich die wohlgeformten Lippen. Seine Unterlippe war ein wenig voller als seine Oberlippe und lud dazu ein, daran zu knabbern.

»Gibt es diesen Ort tatsächlich?«

Seine braunen Augen leuchteten auf. »Meine Lieblingskneipe in Köln. Sehr relaxt, gute Musik an den Wochenenden.«

»Hmm.« Also kein absoluter Stubenhocker. Schade. »Sie waren vorher in Köln stationiert?«

Er runzelte die Stirn, aber dann sortierte sich sein *Enterprise*-Anzug zu schwarzen Hosen mit einem blauen Hemd und schmaler Krawatte um, und ich bekam ebenfalls eine Anpassung ans Milieu.

»Ich war hier an der Universität tätig. Hatte eine Dozentenstelle. Meine bevorzugten Gebiete sind Verfassungsrecht und Allgemeine Gleichbehandlung ...« Eine Geste, als sei das selbstverständlich für jeden schwulen Juristen. »Jedenfalls habe ich die Ambitionen auf eine Professur für die wissenschaftliche Stelle beim Bundesverfassungsgericht vertagt.«

Ein Idealist! Das verkomplizierte die Sache noch mehr. Karriere- und machtgeile Menschen ließen sich leichter einfangen, waren mir jedoch unsympathisch. Ich setzte ein Lächeln auf, legte eine Hand auf sein Knie, drückte es. »Aber ein Umzug in eine ganz fremde Gegend. Das ist sicher nicht leicht.«

Er starrte meine Hand auf seinem Bein an, bis er unschön schielte. Dann schaute er mir ins Gesicht, als könnte er es nicht glauben.

»Doch, das ist mein Ernst. Du gefällst mir.« Das war keine Lüge.

Jetzt schüttelte er den Kopf, bis ihm eine Haarsträhne ins Gesicht fiel. Ich strich sie zurück. Sein Haar war sehr voll, für einen Mittdreißiger, ergraute aber an den Schläfen. Ich rieb darüber. »Richtig distinguiert.«

Als wäre die Bemerkung eine Überraschung,

öffnete sich sein Mund. Ich lehnte mich zu ihm, langsam, damit er wusste, was gleich kam.

Ein warmer Finger legte sich auf meine Lippen. »Ich küsse niemanden, dessen Namen ich nicht kenne.«

»Andreas«, sagte ich.

Auch das war keine Lüge.

Ich hätte mich ohrfeigen können.

»Andreas«, sagte er. »Keine Zunge, und die Hände bleiben über der Gürtellinie.«

Äh. Wie bitte?

Bevor ich nachhaken konnte, küsste er mich.

Nett, sehr nett. »Ich kann meine Zehen nicht mehr strecken«-nett.

Aber für nett war ich nicht hergekommen, und mein eigenes Vergnügen war bei derartigen Dingen eine angenehme Dreingabe, aber kein Muss.

Seine Anweisungen waren doch gewiss für öffentliche Orte gedacht, deswegen ließ ich die Kneipe verschimmern. Wir erschienen auf meinem Bett, das exzellent als Liebeslager taugte. Ich kniete über ihm und versuchte, sein Hemd aufzuknöpfen.

Er brummte auf eine Weise, die ich nicht entziffern konnte.

Weil ich nichts davon hatte, ihn an mir zweifeln zu lassen, hielt ich inne und sah ihm in die Augen. Dabei musste er spüren, wie erregt ich war, die Beweise rieben an seinem Oberschenkel.

Er lächelte, sehr wehmütig. »Einmal wenigstens …«

Wie bitte?

Aber da war er schon weg. Aufgewacht.

Was zum Henker war das gerade gewesen?

Ich weckte mich, zog vom Sitzsack zu meinem echten Bett um und rieb mir die Augen. Selbst pietistische Jungfrauen stellten sich nicht so zögerlich an, wenn sie glaubten, es gäbe von mir Sex ohne Reue.

Der hier … hatte der sich so weidlich ausgetobt, dass er einen Schlussstrich unter Affären gezogen hatte und auf der Suche nach, Satan bewahre, einem Ehegespons war?

Dann wäre dieses recht realistische Verführungsszenario exakt die falsche Herangehensweise gewesen.

Also morgen noch mal beobachten und neuer Versuch.

Montag, 8. Mai

Bis mittags Regen, danach trocken und 11 Grad

Benedikt:

Ich hoffe, das ist jetzt nicht zu viel
Info, aber dreimal darfst du raten,
wovon ich heute Nacht geträumt
habe.

Sanja:

Öhm. Kopfkratz. Echt jetzt? Du hattest
einen Sextraum? War der so bizarr
wie meiner, so mit Bockwürsten aus
dem Glas und so?

Benedikt:

Das wollte ich jetzt nicht wissen.
Baggerversuch in der Kneipe. Und ich
bin aufgewacht, bevor nackte Haut ins
Spiel kam. Gottseidank.

Sanja:

Hm. Das ist aber seltsam.
Normalerweise ist das Unbewusste
für viel abgefahrenere Sachen gut als
Kneipen. Und es hätte abgefahren
sein müssen, nach unserem Gespräch
gestern. Und mit nackter Haut, damit
du dich so richtig schön gruselst.

                                    Benedikt:
                    Ich grusele mich trotzdem.

Sanja:
Ja … kann ich verstehen. Ich zweifle
auch immer an mir nach so was.
Nimm ein 🍰

                                    Benedikt:
                                    Danke.

Sanja:
Falls du noch mal Hilfe brauchst,
jederzeit.

———— —— —— ——

Ich beschattete meine Zielperson den ganzen
Montag über, beginnend beim Weg zur Arbeit am
Bundesverfassungsgericht. Benedikt trug eine
helle Lederumhängetasche, die so zerknautscht
war, als hätte er sie schon als streberhafter
Gymnasiast benutzt. Streberhaft deswegen, weil
sich offensichtlich niemand mit Kugelschreiber
darauf verewigt hatte.

Zu Fuß in die Innenstadt, kein Wunder war
der Kerl so stromlinienförmig. Da ich unsichtbar
war, konnte ich ihn bis ins Gebäude verfolgen,
aber es gelang mir nicht, mich in eine Team-
besprechung schmuggeln. Stundenlang trieb ich
mich auf dem Gang herum und schnupperte Bü-
roatmosphäre.

In der Mittagspause wanderten Benedikt, zwei Frauen über vierzig und ein grauhaariger Mann zu einem der Bäcker am Marktplatz, holten sich Brötchen und schlenderten dann zurück. Das Gespräch drehte sich um die Homo-Ehe, von der die Buschtrommel meinte, dass vor der Sommerpause noch eine Beschwerde der Grünen eingehen würde.

Der Nachmittag brachte mehr langweilige Korridore. Auf Benedikts Heimweg mäanderten wir diesmal zu dem nicht besonders günstigen Riesensupermarkt am anderen Ende der Hipster-Esplananade. Den Laden verließ Benedikt mit zwei vollgepackten Jutebeuteln, und natürlich legte er auch die restliche Strecke zu Fuß zurück.

Meinte er die Jutebeutel und die Ledertasche ironisch, oder war er wirklich so umweltbewusst, dass er Wasser aus dem Hahn trank? Ich pirschte näher heran und stellte fest, dass er tatsächlich eine von diesen Kohlendioxidflaschen für einen Sprudelapparat umhertrug.

Ein echter Gutmensch! Wenn ich mit ihm fertig war, würde er sein Wasser in Plastikflaschen kaufen und sich eingeschweißtes Gemüse leisten.

Ich schaffte es, mich an einer Mutter mit schreiendem Kind vorbei in den Glasturm zu drängeln, wo Benedikt gerade im Aufgang zum Treppenhaus verschwand. Ich spurtete hinterher, schaffte es aber nicht mehr in seine Wohnung.

Also lungerte ich weiterhin unsichtbar im Gang herum und drückte ein Ohr an die Tür.

Sie war gut schallisoliert – ohne meine Dämonenkräfte hätte ich nichts gehört. Innen klappten Schränke auf und zu. Ein Radio wurde angestellt. Das charakteristische, wenn auch leicht unanständige Zischen des Sprudelapparats ertönte, ein Topf schepperte.

Da drin kochte sich ein Singlemann Abendessen, oder?

Nicht, dass ich nicht kochen konnte, aber diese Künste dienten dazu, eine Zielperson zu umgarnen. Nicht zu so etwas Profanem wie ein Essen für einen.

Irgendwann wurde das Radio abgestellt, dafür lief ein Fernseher. *Torchwood*, wenn ich das Intro richtig zuordnete.

Da würde heute wohl nichts mehr Wichtiges passieren. Ich verließ das Gebäude, versorgte mich mit Sushi und nahm die Straßenbahn nach Hause.

In seinem Traum erschien ich in Gestalt eines Dämons. Als ich selbst, nur mit geschmackvollen Hörnern auf der Stirn und einem Schwanz. Und nackt. Ich setzte mich zu ihm aufs Bett, streichelte seinen Arm – er schlief in Boxershorts und altem T-Shirt – bis er in den Traum aufwachte und mich verschlafen anblinzelte, die braunen Augen weit im höllisch-roten Dämmerlicht.

Ein paar weiße Haare auf seinem Kopf leuchteten orange.

Süß.

Ich beugte mich zu ihm hinunter, schaute ihn durch meine Wimpern an, die unverschämt lang und schwarz waren. Stimme tief legen. »Hallo, mein Schöner.«

Er runzelte die Stirn.

»Ich wurde geschickt, um dich zu verwöhnen.« Mit dem Daumen strich ich über seine Lippen, die sehr weich waren, demnach gut gepflegt wurden.

Darauf reagierte er nicht.

Eine elend harte Nuss. Stand er auf irgendwelches ungewöhnliches Zeug? »Du kannst mit mir alles machen, was du willst«, versprach ich daher.

»Hm.« Endlich hob er die Decke, damit ich darunterschlüpfen konnte. Ich erwartete, dass er über mich herfiel, mich festhielt. Stattdessen arrangierte er mich, bis ich als der kleinere von zwei Löffeln von hinten umarmt wurde, schnoberte durch meine Haare. Und das war es.

»Ähm«, sagte ich. »Willst du mich nicht so richtig schön rannehmen? Oder ich könnte dir einen blasen?«

»Bloß nicht«, sagte er. »Schlaf jetzt.«

So viel dazu.

War ich an einen so metrosexuellen Hetero-Typen geraten, dass er sogar mein Gaydar täuschte?

Morgen würde ich es als Frau versuchen.

Dienstag, 9. Mai

Trocken, dunstig bis durchwachsen,
mittags 15 Grad

Benedikt:
Noch ein seltsamer Traum heute
Nacht.

Sanja:
Oh je, du Ärmster. Ich hätte wohl
nicht von meinem Seminar erzählen
sollen. 🍰

Benedikt:
Ein Typ mit Hörnern hat mit mir
gekuschelt. Er wollte mir Sex
anbieten, aber als ich nicht drauf
eingegangen bin, war es auch okay.
Eigentlich der Traumtyp für mich. ;)

Sanja:
So schlimm war's also nicht, wenn du
drüber Witze reißen kannst. :)

Benedikt:
Überhaupt nicht schlimm. Eher
angenehm, bis auf die
Dämonenhörner und den Schwanz

Sanja:
LOL!
ROFL

Benedikt:
Ein echter Teufelsschwanz, so mit Harpunenspitze, wie auf mittelalterlichen Bildern – hör auf zu lachen.
Wie gesagt, bis auf die höllischen Attribute ganz nett. Hat genau in meine Arme gepasst, deshalb muss er eine Erfindung sein. Aber eben seltsam, dass ich schon wieder so einen Mist träume und mich dran erinnere.

Sanja:
Das wundert mich jetzt nicht. Der Traum gestern hat dich für Trauminhalte sensibilisiert. Du kannst es abstellen, wenn du beschließt, dass du dich nicht an Träume erinnern willst. Genauso, wie du es verstärken kannst, indem du dir vornimmst, dich an deine Träume zu erinnern.

Benedikt:
o.O Wieder was gelernt. Danke!

Sanja:
<lila Herz 🖤 > Immer gern.

———————

Der Dienstag lief nach dem gleichen Muster, nur dass Benedikt die Mittagspause trotz des eher kühlen Wetters allein draußen verbrachte, spät Schluss machte und tatsächlich die Straßenbahn nach Hause nahm.

Weil das *Enterprise*-Szenario wenigstens zu einer Knutscherei geführt hatte, holte ich es erneut heraus, aber diesmal als Frau. Diesbezüglich war ich auf Hilfe aus seinem Unbewussten angewiesen. Statt üppigen Brüsten und Wespentaille hatte ich A-Körbchen, einen athletischen Körperbau und die Haare zu einem strengen Pferdeschwanz gebunden.

Hmpf. Das Gegenteil dessen, was ich mir gerne ansah. Meine Barbara, hoffentlich war ihre Seele beim Gegner gelandet, hatte durch üppige Rundungen und ihre mädchenhafte Art bestochen. Andererseits – ich saß hier als Mittdreißigerin, und meine Verlobte war damals siebzehn gewesen. Ich hatte mir vorgenommen gehabt, es zu genießen, solange sie noch anschmiegsam war und nicht ihrer Mutter, einer resoluten Handwerkergattin, nacheiferte.

Aber genug davon – das war fast vierhundert Jahre her.

Meine Zielperson jedenfalls schien gar nicht zu merken, dass die Ursache ihrer feuchten Träume hinter ihr saß.

»Sie arbeiten zu viel, Benedikt«, sagte ich schließlich. »Ihre Schicht ist seit zwei Stunden zu Ende.«

Er schüttelte den Kopf, während auf seinem Display die Paragraphenzeichen tanzten.

»Sie haben noch viel Zeit, um das zu recherchieren.«

Endlich sah er mich an, seine Augen wurden weit. »Captain?«

»Ihre Schicht ist seit zwei Stunden vorbei. Meine endet gleich. Was halten Sie von einem gemeinsamen Absacker?«

Passend dazu betrat eine gesichtslose Person die Brücke und nahm auf einem der freien Sessel Platz. »Melde mich zum Dienst, Captain.«

Ich nickte huldvoll, und wie vorgestern verzichtete ich zugunsten des Plots auf eine geordnete Übergabe. »Also, was ist, Benedikt? Muss ich Sie in die Freizeit befehlen?«

Er seufzte und folgte mir in den Aufzug. Die Türen zischten zu, es ruckelte, sie öffneten sich zu jener lauschigen Bar, die ich bereits kannte. Wieder blieben das Personal und die übrige, ausschließlich männliche, Kundschaft gesichtslos. Ein Brummen von Kölschen Gesprächsfetzen umwaberte uns.

Ich bestellte abermals zwei der hiesigen Biere, wir prosteten uns zu.

»Sie haben wirklich ein Händchen für das Holodeck«, spann ich den Faden weiter. »Sehr urig. Sehr gemütlich.«

Er neigte den Kopf, trank einen Schluck, leckte sich die wohlgeformten Lippen. Jetzt, wo ich wusste, wie sie sich anfühlten, hätte ich ihn gerne gleich geküsst.

»Gibt es diesen Ort tatsächlich?«

Seine braunen Augen leuchteten auf. »Meine Lieblingskneipe in Köln. Tolerante Leute, niemand wird zu hartnäckig angegraben, gute Musik an den Wochenenden.«

»Hmm. Sie waren vorher in Köln stationiert?«

Er runzelte die Stirn. Daraufhin sortierte sich sein *Enterprise*-Anzug zu schwarzen Hosen mit einem blauen Hemd und schmaler Krawatte um, und ich bekam eine Bluse anstelle des senfgelben Leibchens.

»Ich war hier an der Universität tätig.« Erneut legte er seine Biographie dar, diesmal erwähnte er noch einen Aufenthalt in Südafrika. Ganz schön rumgekommen war er.

»Aber ein Umzug in eine ganz fremde Gegend, das ist nie leicht«, sagte ich und legte eine Hand auf sein Knie. Gleich.

Er starrte meine Hand an, dann schaute er mir ins Gesicht, als könnte er es nicht glauben.

»Doch, das ist mein Ernst. Du gefällst mir.« Das war keine Lüge.

Jetzt schüttelte er den Kopf, bis ihm eine Haarsträhne ins Gesicht fiel. Als ich sie zurückstreichen wollte, griff er nach meiner Hand und –

... legte sie zurück auf den Tresen.

Wie bitte.

»Tut mir leid, aber ich habe es nicht so mit Frauen.«

Aber. Aber.

Meine Konzentration war hin, also verschwamm die Kneipe, und Benedikt trieb zurück in jene Traumwelten, die er selbst erschaffen hatte.

Aber.

Wenn er es nicht mit Männern hatte, musste er es doch mit Frauen haben?

Oder?

Mittwoch, 10. Mai

Sonnig, bis 20 Grad

AVEN-Forum – Sonstiges – Und was habt ihr so geträumt heute Nacht?

diewuchtdesgesetzes schreibt:
Danke für diesen Thread, @auchnochwach.
Mein Traum war ähnlich irrwitzig.
Erst wurde ich von einer jüngeren Version von Captain Janeway* auf der Enterprise angebaggert, dann kamen Minions* und begruben mich unter einer Goldschnittausgabe des BGB.
Fazit: Nie wieder *Ich, einfach unverbesserlich* vor dem Schlafengehen.

auchnochwach schreibt:
@diewuchtdesgesetzes
Hahaha. Wie geil. Danke. Ich will auch mal von Minions träumen.

— — — — —

Den Mittwoch über tat meine Zielperson nichts Außergewöhnliches bei der Arbeit, aber der pünktliche Rückweg führte uns über eine der zahlreichen Dönerbuden zum *PRINZs*, einer Szenebar. Also eigentlich *der* Szenebar, denn die schwule Szene in Karlsruhe war überschaubar.

Der schwarzgekleidete Nerd wartete auf dem Platz davor unter einem der Bäume, die nach dem Kälteeinbruch im April eher unentschlossen austrieben. Die beiden Männer schüttelten sich die Hand – wie seltsam, sie hatten sich doch am Sonntag den Schirm geteilt. Konnte das ein Date sein?

Drinnen saßen sie sich gegenüber, studierten die Karte mit heiligem Ernst. Schließlich brachte der knuffige Twink hinter der Theke eins dieser neumodischen Spezialbiere für Benedikt, den unverbesserlichen Hipster, und einen Caipi für den Nerd.

Sie redeten eine Weile, aber dabei steckten sie nicht die Köpfe zusammen wie bei einem Date.

Glück gehabt. Frisch verbandelte Menschen waren eine Plage für meinen Aufgabenbereich.

Nach gut zwei Stunden trennten sich die Wege der beiden, immer noch mit Handschlag. Diesmal blieb ich Benedikt so scharf auf den Fersen, dass ich es bis in seine Wohnung schaffte. Dort riss er die Tür zum Balkon auf, obwohl es nicht so heiß war, wie ich vermutet hatte, tauschte den grauen Anzug gegen eine durchgescheuerte Jeans und Pet-Shop-Boys-Shirt. Es wartete Wäsche auf ihn – offensichtlich bügelte er seine Hemden selbst, und bevorzugt zu Populärmusik aus dem Radio.

Während er solcherart beschäftigt war, schnüffelte ich herum. Laptop und Telefon waren leider beide passwortgesichert, und zwar weder mit seinem Namen noch seinem Geburtsdatum. Schade, denn auf diese Weise hätte ich schnell feststellen können, welche Art Pornografie er konsumierte. Allerdings fand ich auch einen E-Reader in einer recht ramponierten Lederhülle, auf dem sich einiges an Science Fiction befand.

Auch *Perry Rhodan,* dessen Abenteuer er wie ich wohl mit dem gebotenen Ernst verfolgte.* Ein Mann wirklich nach meinem Geschmack.

Weiteres Blättern förderte einen Ordner namens QUILTBAGPIPE zutage – die Akronyme wurden auch jeden Tag länger.* Irgendwann musste ich mal nachschlagen, was es mit dem A, dem E und dem P auf sich hatte. In selbigem Ordner sammelte sich ein wenig queere Literatur, wobei die Tendenz zu Klassikern wie »The Charioteer« und einigen offensichtlichen Romanzen im englischen Original ging. Im Bücherregal gab es neben Science Fiction und Fantasy noch einige Politthriller und echte Politik. Und natürlich die gesammelte Rechtswissenschaft, wie es sich für Menschen mit Benedikts Beruf gehörte.

Insgesamt also doch schwul.

Weil er nach wie vor mit seinen Hemden beschäftigt war, schlich ich ins Schlafzimmer. Vielleicht bewahrte er dort einschlägige Literatur oder Spielzeug auf?

Aber Fehlanzeige. Der Mann hatte nicht mal Gleitmittel in der Nachttischschublade, geschweige denn Kondome. Und auch sonst nirgendwo.

Keine Latex- oder Lederklamotten, keine Seile, keine Pornoheftchen, nichts, was auf seinen Geschmack hingedeutet hätte. Wie überaus seltsam. Mochte er nur Dinge, die ich unappetitlich fand, frequentierte er bevorzugt Puffs, hatte er in einer religiösen Anwandlung Keuschheit geschworen?

Heute Nacht würde ich es herausfinden.

Als er hereinkam, um die Hemden in den Schrank zu hängen, schlüpfte ich unter sein Bett, damit er nicht über mich stolperte. Dann war er auch schon wieder draußen und räumte die Spülmaschine aus. Dabei sang er schrecklich schräg bei den Ärzten »Männer und Frauen« mit.

Weil ich vorerst keine Chance sah, seinen smarten Fernseher näher zu untersuchen, wanderte ich auf den Balkon und wagte den Sprung hinunter auf die nunmehr verlassen daliegende Promenade.

Für seinen Traum überfiel ich ihn in einem luxuriös eingerichteten Gartenpavillon, während er gerade die Whirlpool-Funktion einer außen lederbezogenen, runden Wanne testete. Auf der Bank, die dieses Planschbecken für Erwachsene umgab, standen ein Sektkühler mit Inhalt und zwei passende Gläser bereit. Ich zog mich aus, er maß mich mit Blicken, die danach aber penetrant auf mein Gesicht geheftet blieben.

»Du darfst ruhig schauen.« Mit meinem besten Hüftschwung näherte ich mich der Wanne und stieg ihm gegenüber ins Wasser. Tastete seine Schenkel mit meinem Fuß entlang. »Heute Abend hast du mich ganz für dich allein.«

Er lächelte. Strahlte. Im Gegensatz zu Ulrichs Zielperson war Benedikt hier ein echter Fang, auf den ich früher sogar in freier Wildbahn Jagd gemacht hätte. Irgendwann in den letzten Jahrzehnten war mir der Drive abhanden gekommen, an meinen wenigen freien Abenden One-Night-Stands aufzugabeln.

»Und? Wonach steht dir der Sinn?«, fragte ich.

Er klopfte neben sich, also glitt ich zu ihm. Warmes Wasser und Massage. Ich linste, und er hatte einen Ständer. Beste Voraussetzungen.

Er schlang einen Arm um meine Schulter, küsste mich auf die Schläfe. Seufzte wohlig.

Das erinnerte mich zu sehr an vorgestern.

»Nicht experimentierfreudig?«, neckte ich. »Viel besser werden die Zeiten nicht, oder?« Für den Fall, dass er im echten Leben impotent war. Ich ließ eine Hand über seine Bauchmuskeln gleiten, fand Haare, die mir den Pfad zum Schatz wiesen, weiter nach Süden, aber dann umklammerte er meine Finger.

»Du weißt doch«, sagte er.

Natürlich nicht, aber das konnte ich ihm ja schlecht erklären.

»Nur kuscheln?«, riet ich trotzdem.

Er lächelte, und so kam es, dass wir eng umschlungen in einem Fünf-Sterne-Jacuzzi saßen, während außerhalb des Pavillons die Zikaden ihr Nachtkonzert veranstalteten. Wäre ich mit dem Ziel hergekommen, zu kuscheln, hätte ich dem Erlebnis ebenfalls eine Fünf-Sterne-Bewertung gegeben. Dieser Mann war ein Meister dieser Kunst. Außerdem war es ganz nett, nicht angeschaut zu werden, als sei ich nur ein Stück außergewöhnlich attraktives Fleisch.

Aber ich hatte einen Job zu erledigen. Argh.

Nach gefühlt einer Stunde dämmerte Benedikt in die nächste Tiefschlafphase weg und ich fand zu mir zurück.

Sobald ich mich rühren konnte, hieb ich auf meine Matratze, verwünschte dieses Stück Mensch zu meinem Arbeitgeber und zu jedem Blut- und Eingeweidegott, der noch auf dieser schönen Erde herumkrauchte, obwohl ich lieber mit der Faust ein Loch in die Wand geschlagen hätte.

Aber derartigen Lärm um diese späte Uhrzeit hätten mir die anderen Hausbewohner übelgenommen, also blieb es bei leisem Abbau von Aggressionen.

So eine harte Nuss – das letzte Mal, dass ich derartige Probleme gehabt hatte, war vor dem ersten Weltkrieg bei einem Oberst gewesen, bis ich mich als kleinen Jungen ausgegeben hatte. An Kinderschänder geriet ich nicht oft, und ich wollte von Benedikt nicht glauben, dass er zu derartig perversen Machtspielen neigte.

Trotzdem versuchte ich es neunzig Minuten später und äußerlich zwanzig Jahre jünger, wieder mit dem Whirlpool-Szenario.

Diesmal erschien ich gleich im Wasser. Somit blieb ihm überlassen, ob ich ein Junge oder ein Mädchen von circa acht Jahren war.

Fünf Minuten lang saß er mir starr und schweigend gegenüber und schien herausfinden zu wollen, was ich da in seiner Wanne tat.

»Heute Abend hast du mich ganz für dich allein«, sagte ich mit meiner Kinderstimme.

Er riss die Augen auf, sank ins plötzlich tiefe Wasser und war weg. Aufgewacht.

Also noch eine Theorie bei meinem Arbeitgeber.

Allerdings wurde die Zeit eng, wollte ich Luzia am Sonntag erste Ergebnisse präsentieren. Daher blieb mir nur die Holzhammermethode: Ein Treffen im echten Leben.

Donnerstag, 11. Mai

Tagsüber gewittrig, 17 bis 23 Grad

Benedikt:
Gibt's Dejà-vu-Erlebnisse in Träumen?

Sanja:
Unter Umständen. Hat der Tipp mit den Beschlüssen funktioniert?

Benedikt:
Zu gut. Heute Nacht war es zweimal die gleiche Situation, nur mit einer anderen Person.

Sanja:
Hmmpf. Beschreib mir das genauer.

Benedikt:
Also, beide Male ein Luxuswhirlpool. Zuerst steigt ein Typ zu mir rein, von dem ich schwören könnte, dass ich ihm schon begegnet bin. Wir kuscheln.

Sanja:
So wie der Dämon mit dem Schwanz von vorgestern?

Benedikt:

...

Wart mal. An den hat er mich erinnert.

Sanja:

Okay. Du bist nicht zufällig in einen Schauspieler nämlichen Aussehens verguckt?

Benedikt:

Gut genug aussehen dafür würde er, aber nein.

Sanja:

Und weiter?

Benedikt:

Und beim nächsten Mal versucht mich ein Kind anzubaggern.

Sanja:

Bäh

Benedikt:

Genau. Ich bin glücklicherweise aufgewacht und hab dann eine Stunde nicht mehr geschlafen.

Sanja:
Du Armer. 🍰

Benedikt:
Kann ich brauchen, danke.

Sanja:
Aber im Ernst. So eine Strähne ist
schon auffällig. Leg dir ein Notizbuch
neben das Bett und schreib alles auf,
woran du dich erinnerst, sobald du
aufwachst. Und vielleicht willst du
diesen Typen mal anquatschen.

Benedikt:
Wir reden ja miteinander.

Sanja:
Ja, klar. Aber sicher kein
tiefschürfendes Gespräch über
Nietzsche.

Benedikt:
ROFL.
Das konnte ich jetzt gerade brauchen.
Nein, nur Geplänkel, wenn überhaupt.
Aber wie quatsche ich einen Typen in
einem Traum an? Es ist ein Traum.

Luzides Träumen. Grob gesagt fragst du dich regelmäßig »wach ich oder träum ich?«, bis du es auch im Traum tust, und dann kannst du loslegen und in deinen Träumen agieren. Warte, ich kenne da einen guten Link, den schick ich dir nachher.

Benedikt:
Cool, danke!

————

Für den Überfall holte ich mein Fahrrad heraus, zog meine beste Knackarsch-Jeans und ein blaues Hemd an, das meine Augen betonte. Und hoffte, dass das Wetter halten würde, denn es gewitterte in unregelmäßigen Abständen. Nachmittags lauerte ich Benedikt auf dem Heimweg auf – es war trocken – und radelte kurz vor dem Marktplatz so knapp von hinten an ihm vorbei, dass ich ihm beinahe seine lederne Strebertasche von der Schulter riss.

»Oi! Pass doch auf.«

Ich kam mit quietschenden Reifen zum Stehen, schwang mich vom Rad.

»Oh mein Gott. Sorry. Echt. Ist alles noch ganz?«

Benedikt untersuchte sein graues Jackett und

die Tasche, statt mir mit dem altmodischen Stockschirm eins zu verpassen. »Scheint so«, grummelte er.

Ich guckte möglichst erleichtert. Lächelte. Bildete ich es mir ein, oder hing sein Blick an meinem Mund fest? Erstklassige Voraussetzungen. »Ich geb dir trotzdem meine Nummer«, sagte ich. »Falls doch was kaputt ist. Das ist ja ein ganz schön edles Stöffchen, das du da trägst.« Feine Wolle und Maßkonfektion, wie ich aus der Durchsuchung seiner Schränke wusste. »Steht dir übrigens ausgezeichnet.«

Er zuckte mit der Nase, als wüsste er mit dem Kompliment nichts anzufangen. Schüchtern? Viel schüchterner als in seinen züchtigen Träumen. Ich fand das so süß, dass ich ihn sofort vernaschen wollte.

Aus Vernunftgründen jedoch begnügte ich mich mit einer kleinen Fantasie, während er sein Handy aus der Tasche fischte. Leider entsperrte er den Bildschirm in einem so ungeschickten Winkel, dass ich das Passwort nicht herausfinden konnte.

»Also?«

Ich sagte ihm meinen Vornamen und die Nummer.

»Auswendig, hm«, meinte er, als sei das eine Leistung.

»Wie es sich für einen guten kleinen Digital Native gehört.« Ich grinste.

Er grinste zurück, wirkte dabei jungenhaft und unbeschwert. Erneut überkam mich der Wunsch, ihn festzuhalten und nicht mehr loszulassen.

»Weißt du was«, sagte ich, »um den Schreck wiedergutzumachen, könnte ich dich ausführen.«

Er legte den Kopf schräg.

»Samstagabend ins *L'Aubergine?*« Ein gayfreundliches, gehobenes Lokal.

Wieder zuckte er mit der Nase, dann musterte er mich von oben bis unten, als würden mir vielleicht noch ein paar regenbogenfarbene Accessoires wachsen.

Ich setzte meinen besten Hundeblick auf.

»Mal schauen,« sagte er.

Eine Eiswasserdusche wäre angenehmer gewesen, jedenfalls fühlte ich mich wie ein begossener Pudel. Er konnte mir widerstehen? Aber Perry Rhodan! Und Luzia!

»Ich geb dir morgen Bescheid.«

Vielleicht ahnte er etwas von meiner Enttäuschung, denn er lächelte entschuldigend, bevor er sich mit einem kleinen, fast unbeholfenen Winken verabschiedete.

Eine Weile starrte ich ihm nach, bis mir eine vorbeifahrende Straßenbahn die Sicht nahm.

Heute Nacht musste ich ihn besuchen, damit er morgen dem Date zusagte.

Bei allen gefallenen Engeln. Da hatte mir Luzia aber eine harte Nuss zu knacken gegeben. Und jetzt rieb ich mich ausgerechnet an einem Menschen auf, gegen dessen Gesellschaft und Konversationsthemen ich nun wirklich nichts einzuwenden gehabt hätte.

Nun ja. Vielleicht besaß Luzia diesbezüglich mehr Weitsicht als angenommen.

— — — — —

Benedikt:
schwesterherz

Nora:
?

Benedikt:
heute hat mich ein typ auf ein date eingeladen

Nora:
An der schlechten Rechtschreibung sehe ich, dass dich das aufregt.

Benedikt:
haha 😶

Nora:
Ist er süß?

Benedikt:
was hat das damit zu tun?

Nora:

Lohnt sich der Herzschmerz, falls er
ein Ignorant ist?

Nicht antworten

Nachdenken und dann zusagen oder
absagen

...

Na dann, dir auch eine gute Nacht.

Benedikt:
Schlaf gut.

— — — — —

**AVEN-Forum – Kontroverses – Wann mit der
Wahrheit rausrücken?**

Sunny123 schreibt:

... und dann bekam ich tatsächlich vorgehalten,
dass ich ihn angelogen hätte! Obwohl ich es
schon beim ersten Date angesprochen habe!
Aber da war er wohl zu beschäftigt, mir in den
Ausschnitt zu glotzen oder so. Nachher meinte
er, dass ich halt noch nie mit ihm Sex gehabt
hätte, und überhaupt könnte ich gar nicht
wissen, ob ich keinen Sex will, wenn ich es
nicht probiert hätte.
Ich hab so die Schnauze voll von Allos.*

moaBIt schreibt:

@ Sunny123: Du Arme.

Ja, solche, die glauben, dich besser zu kennen, als du dich selbst kennst, nur weil sie nicht zu einer Minderheit gehören, die sind leider recht häufig. Ganz gleich, wann du dich ihnen offenbarst, besteht die Gefahr, dass du nicht ernst genommen wirst. Ich habe meinem letzten Verehrten unendlich viele Links geschickt, in der Hoffnung, dass er es begreift, aber das hat alles nichts gefruchtet.

diewuchtdesgesetzes schreibt:

Schwule Kerls schicken einen eher gleich zum Onkel Doktor oder glauben, dass ich sie zu irgendwas bekehren will.

Ihr macht mir übrigens so richtig Lust, mich übermorgen zum Essen einladen zu lassen, nach einem Jahr Pause.

moaBIt schreibt:

Es liegt in der Natur der Sache, dass hier vor allem die schlechten Nachrichten diskutiert werden. Ich glaube nicht, dass du dich einschüchtern lassen solltest. Vielleicht druckst du dir ein paar Infos aus, die du der anderen Person in die Hand geben kannst, falls das mit dem Reden zu schwierig wird?

diewuchtdesgesetzes schreibt:

Vielleicht. Ich schlafe noch eine Nacht drüber.

———————

Benedikt in seinem Traum ins *L'Aubergine* zu führen, würde möglicherweise in einem Déjà-vu-Erlebnis für ihn enden, war demnach zu riskant. Aber eine Situation nach einem Date konstruieren konnte ich. Oder, noch besser …

Die heutige Traumlandschaft ähnelte daher verdächtig meinem Schlafzimmer. Es war dunkel, er würde vor allem das Leuchten der Ziffern des Radioweckers sehen und die teure, frisch gewaschene Bettwäsche spüren. Beides war beliebig genug.

Wie vor einigen Tagen lag er darin und blinzelte mir entgegen, während ich mich auszog. Sein Unbewusstes bot mir ein Captain-Kirk-T-Shirt zum Schlafen an, also folgte ich dem Vorschlag.

»Spät«, sagte er.

Die Ziffern der Uhr zeigten, wie sich das für einen Traum gehörte, nichts an, das ein menschliches oder beinahe menschliches Hirn lesen konnte, aber das war auch egal.

»Musste noch fertiglesen«, meinte ich. Nur noch ein Kapitel, und noch eins, und plötzlich war es zwei Uhr nachts. Beziehungsweise morgens um neun, wenn meine Zielpersonen wach waren und ich nach der Arbeit zur Entspannung ein bisschen hatte lesen wollen.

Benedikt schüttelte im Liegen den Kopf und hob die Decke, damit ich zu ihm schlüpfen konnte.

Wieder wurde ich mit bedeutender Expertise von hinten umschlungen, und er vergrub die Nase in meinem Haar. »Du hast so ein Glück, dass ich nicht auf deine Geschichten eifersüchtig bin.«

»Ich habe überhaupt Glück mit dir«, meinte ich. »Du bist ein Meisterkuschler.«

»Und du bist ein Meisterbekuschelter.«

»Wahr. Solche findest du nicht alle Tage.«

Ein Kuss in meinen Nacken. »Da hast du recht.« Er klang ungewöhnlich dankbar, als sei es eine Leistung, sich von ihm umarmen zu lassen, und nicht leicht suchterzeugend.

»Stell dir vor, ich hätte dich nicht zum Essen eingeladen …«, fing ich an.

»Hmm. Mag nicht drüber nachdenken.«

Das klang nach einem positiven Bescheid. »Schlaf schön und träum was Süßes.«

»Hm-hm. Tu ich schon«, meinte er.

Wie bitte?

Anstatt zu genießen, was ich uns da herbeigeträumt hatte, starrte ich die Wand an, bis er in den Tiefschlaf zurücksank und das Bild zerfaserte.

Auch den Rest der Nacht grübelte ich über den sonderbaren Kommentar nach, daher gab ich gegen Morgen auf und lenkte mich in einem neuen, viel gelobten Science-Fiction-Roman ab.

Freitag, 12. Mai

Tagsüber heiter, 18 bis 21 Grad, nachts Gewitter

Sanja:
Und? Und?
Und guten Morgen, übrigens.

Benedikt:
So schnell habe ich noch keine
Ergebnisse :)
Aber ich habe heute Nacht angenehm
geträumt, danke der Nachfrage.

Sanja:
Wieder der Kuschelkäfer?

Benedikt:
Keine Ahnung.

Sanja:
Na dann. Schönen Endspurt ins
Wochenende dir! 🌈

Benedikt:
Ebenfalls.

— — — — —

Nora:
Und? Date ja/nein?

Benedikt:
Ja. Bin heute gut gelaunt aufgewacht.

Nora:
Daumendrück.

— — — — —

Unbekannte Nummer:
Also gut. L'Aubergine morgen Abend.

Andreas:
...
Der Mann im nicht ruinierten
Anzug? :)

Unbekannte Nummer:
Ja.

Andreas:
Wow. Super. Ich freu mich. ^^

Unbekannte Nummer:
Nur zum Kennenlernen.

Andreas:
...

...

...

Keine Panik. Ich bin größtenteils
harmlos.

Benedikt:
Das beruhigt mich jetzt nicht wirklich.

Andreas:
42*

...

19:42 vor dem L'Aubergine? Zu Ehren
eines großartigen Buchs?

Benedikt:
Alles klar. Bis dann.

Andreas:
^^

— — — — —

Benedikt:
er hat den anhalter zitiert!*

Nora:
?

Benedikt:
Per Anhalter durch die Galaxis?
Douglas Adams? Kultroman?

Nora:
🤓 findet 🤓. Was willst du mehr?

Benedikt:
Ich bin vage optimistisch.

Samstag, 13. Mai

Heiter, tagsüber 20,
nach Sonnenuntergang 13 Grad

Dank der Straßenbahnen war es natürlich nicht exakt 19 Uhr 42, sondern etwas früher, als wir uns vor dem Lokal trafen. Ich lächelte Benedikt entgegen und versuchte, mir meine kurze Nacht und die daraus resultierende Matschbirne nicht anmerken zu lassen.

Nach der bedrohlichen Textnachricht »nur zum Kennenlernen« und der seltsamen Aussage seines Traum-Ichs hatte ich erst gegen Mittag ein wenig Schlaf gefunden, weshalb ich meine Augenringe mit Concealer verdeckt hatte. Außerdem trug ich eine weitere Knackarsch-Jeans, hatte einige Zeit gebraucht, um meine Haare stilgerecht zu verwuscheln, und eine halbe Stunde lang diverse Hemden anprobiert, um eins zu finden, in dem ich wacher aussah, als ich mich fühlte.

Im Gegensatz zu mir schien er sich sogar weniger Mühe gegeben zu haben als für seine Arbeit. Dunkle Jeans, Sakko, violettes Hemd, kein Schlips, nicht mal der kleine Hut. Ich war eifersüchtig auf seine Kollegen, musste ihn aber trotzdem ausführlich betrachten.

Dieser Mann wusste sich einfach anzuziehen.

Er lächelte mich an – gutes Zeichen – und gab mir die Hand. Kräftiger Griff, aber nicht die

Ich-zerquetsch-dir-gleich-die-Finger-Machovariante. Wäre uns beiden auch schlecht bekommen, denn er trug einen recht ramponierten schwarzen Stahlring am Mittelfinger, den er offensichtlich nicht zur Arbeit ausführen konnte. Vielleicht würden sie ihn dort sonst für einen Satanisten halten?

»Benedikt. Hi.«

»Hi. Andreas. Aber das weißt du ja schon.«

Er schaute zu Boden, offenbar schämte er sich für seine Unhöflichkeit von vorgestern.

»Du hast kein Handtuch dabei?«, führte ich den Faden unserer Alberei aus dem Chat fort, um ihn abzulenken.

Damit entlockte ich ihm ein zweites Lächeln. »Du auch nicht.«

Ich zuckte mit den Schultern. »Sollte die Erde in der nächsten Stunde einer intergalaktischen Baustelle zum Opfer fallen, werde ich heldenhaft mit ihr zugrunde gehen.«

Als perfekter Kavalier öffnete ich ihm die Tür und fragte drinnen ganz höflich nach dem reservierten Tisch. Mein Lieblingskellner hätte mich selbstverständlich in die lauschige Ecke winken können, die er meinem falschen Nachnamen und dessen Dates dank großzügiger Trinkgelder immer zuwies, aber damit hätte ich zu viel preisgegeben. Und vor allem Benedikt, der ja noch viel zögerlicher war als alle anderen vor ihm, hätte ein derartiges Zeichen von Kerlsverschleiß nicht besonders wohlwollend aufgenommen.

Einige Zeit verbrachten wir mit dem Studium der Speisekarte.

»Hast du alle fünf Bände gelesen?«, fragte ich Benedikt, nachdem mein Lieblingskellner mit der Bestellung und den Karten entschwunden war.

»Logisch«, sagte er.

Bis das Essen kam, zerpflückten wir also die Glanzstücke der humoristischen Science Fiction, kamen von dies auf das, ohne jemals die Frage »Und was machst du so?« bemühen zu müssen. Mit Ende des Hauptgangs stellten wir fest, dass es zu wenig queere Figuren im Weltraum gab. Wie überall sonst auch.

Eine nicht unbedingt bahnbrechende Erkenntnis, aber der Weg dorthin war äußerst angenehm verlaufen.

Gerade als ich merkte, dass ich über unserem Gespräch völlig vergessen hatte, Benedikt offensiv anzuflirten, wurden wir von meinem Lieblingskellner unterbrochen, der die Teller abräumte und uns pflichtschuldigst Dessert anbot. Ich ermutigte Benedikt mit Blicken, den Rhabarberkuchen zu bestellen, mit dem er offensichtlich liebäugelte, und bat meinerseits um Mousse au Chocolat.

»Dabei sind schwule Männer vergleichsweise gut dran«, meinte Benedikt, nachdem mein Lieblingskellner wieder entschwebt war.

Notiz: Er sprach nicht von »wir«, sondern von »schwulen Männern«, mit leichter Betonung auf

»schwul«. Wieso sollte er nicht dazugehören? Ich legte den Kopf schräg, in der Hoffnung, dass er das erklären würde.

»Wie in den Berichten über CSDs, da erscheinen auch nur die Drag Queens.« Dazu versteckte er seine Hände unter der Tischplatte. Täuschte ich mich, oder drehte er an dem Ring?

Nervös und ein Themenwechsel. Ich war der Erklärung für seinen ominösen Kuschelbedarf so nahe, ich konnte sie beinahe schmecken. »Wieso nimmst du dich aus?«

Er schaute mich an, mit großen Augen wie ein Reh, das im Scheinwerferlicht erstarrt war. »Wie bitte?«

»Du redest von schwulen Männern, als würdest du nicht dazugehören.« Schuss ins Blaue, und nach den Erkenntnissen der letzten Nächte sicher daneben: »Bist du bi?«

Er schüttelte den Kopf, senkte den Blick und spielte wohl weiter mit dem Ring. »Ich bevorzuge schon Männer …«, fing er an, wurde dabei immer leiser. »Und eine Weile habe ich mich auch für schwul gehalten.«

Wie bitte? Meine Gesichtszüge waren mir für einen Moment entgleist, aber das sah er glücklicherweise nicht. Oder wollte er es nicht sehen? Ganz gleich, ich beeilte mich, möglichst interessiert und vorurteilslos dreinzuschauen.

Schließlich straffte er sich, hob beide Hände auf die Tischplatte. Aus irgendeinem Grund hatte er den schwarzen Ring so drapiert, als bedeute er etwas.* Zudem zog Benedikt den Kopf ein, sodass er noch mehr einem verängstigten Wildtier ähnelte. »Ich bin homoromantisch, aber asexuell.«

Davon hatte ich schon gehört, oder? Hatten die im CSD-Verein hier nicht ihre Satzung um asexuelle Menschen ergänzt? Und ich hatte beschlossen, dass ich das ein andermal nachschlagen würde. So wie P, E und A aus dem QUILTBAGPIPE.

Wahrscheinlich hatte nämliches A mit meinen aktuellen Schwierigkeiten zu tun.

Mist.

Hilfe!

Ich hatte angenommen, dass das ein Frauenproblem war.

Bevor ich etwas Falsches sagen konnte, brachte mein Goldstück von einem Lieblingskellner das Dessert.

Ich griff nach dem Löffel wie ein Ertrinkender nach dem Rettungsring und schaufelte zunächst eine Ladung zartbittere Mousse in mich hinein, während Benedikt seinen Kuchen ignorierte.

Das erschien mir außerordentlich falsch. Selbst, wenn es nicht um meinen Ruf als Inkubus gegangen wäre.

Ich schluckte die Mousse herunter, ohne sie zu genießen. »Erklär mir, was das für dich bedeutet.«

Anscheinend hatte ich richtig geraten, denn auf diese Antwort hin ließ er seine Schultern auf normales Niveau sinken. »Ich mag keinen Sex.

Küsse nur ohne Zunge, und die Hände bleiben über der Gürtellinie.« Er zuckte die Schultern. »Fast komplett avers, sorry.«

Dieser Mann da, der nunmehr mit seiner Gabel in einem Meisterwerk von Rhabarberkuchen mit Baiser herumstocherte, mochte keinen Sex.

Okay. Oh-kay. Im Poker um diese besondere Seele hatte ich im wahrsten Sinne des Wortes die A-Karte gezogen.

Doch ich würde nicht aufgeben.

Ich holte tief Luft. »Aber Kuscheln geht?«

Er schaute mich eine Weile an, wusste wohl nicht, was er von der Frage halten sollte. »Bevorzugt mit Unterwäsche.«

Das erklärte so einiges. Ich nickte.

»Ich verstehe, wenn du mich nicht mehr sehen willst«, erklärte Benedikt dem nunmehr komplett zerpflückten Baiser.

Moment. Hieß das, er fand mich interessant? »Wieso sollte ich dich nicht mehr sehen wollen?«

»Der Deal ist geplatzt. Kein Sex?«

»Der Deal war ein Entschädigungsessen«, sagte ich. »Zum Kennenlernen.« Ich lächelte ihn an. »Bis jetzt hat das ganz gut funktioniert.«

Er atmete hörbar aus, kurz vor einem echten Seufzen.

»Warum essen wir nicht fertig, ich lese daheim nach, und dann unterhalten wir uns demnächst in Ruhe weiter?«

Seine Augen wurden weit, als wäre es das erste Mal in der Geschichte des Universums, dass ihm jemand eine zweite Verabredung antrug. Und vielleicht war es das ja auch, denn schwule Kerls wurden häufig genug ihrem Stereotyp gerecht.

Oder ich überraschte ihn, weil ich daheim nachlesen wollte, anstatt ihn gleich hier auszuquetschen? Dabei war das reiner Selbstschutz – ich musste gezielt herausfinden, wie ich einen Mann um den Verstand brachte, der unter keinen Umständen mit seinem Schwanz denken würde. Die daraus resultierenden Fragen würden Benedikt nur misstrauisch machen.

Ich lächelte ihn noch einmal an, zum Zeichen, dass der Deal nicht geplatzt war, und widmete mich meiner Mousse au Chocolat. Meine Gedanken liefen allerdings auf Hochtouren, sodass ich das Dessert einfach aß, statt genussvoll-unanständige Geräusche zu machen, Benedikt anzubieten, zu probieren, und ihn dann mit meinem Löffel zu füttern.

Normalerweise funktionierte dieser Trick erstklassig, um eine erotisch aufgeladene Atmosphäre herzustellen. Aber … Benedikt würde genau wie die anderen wissen, dass es ein Trick war. Allerdings gehörte der nicht ins Kennenlern-Repertoire und war damit vorläufig außen vor.

Hoffentlich merkte er nicht, wie sehr ich mich wie ein Nichtschwimmer fühlte, der gerade von

einem wohlmeinenden Bekannten ins Wasser ge-
stoßen worden war. So, wie er mich musterte ...
Ein Gespräch musste her. Schnell.

»Kannst du mir was empfehlen? Wo ich nachlesen kann?«

Auf diese Weise erfuhr ich von rar gesäten
Büchern und einigen als zuverlässig erachteten
Internetseiten. Eine Informationswüstenei der
modernen Zeit, sozusagen. Außerdem sprach er
von sich bevorzugt als Ace, benutzte also das eng-
lische Wort für »Ass«. Was mich zurück auf die
A-Karte brachte ... Dass Benedikt eine High Card
beim Seelenpoker sein sollte, das bezweifelte ich
allerdings gewaltig.

Und dann hatte ich ihm in seine Jacke geholfen
und wir standen draußen auf der Straße.

Der Kaffee bei mir fiel aus, der Weg zur
Straßenbahn war zu kurz für einen Spaziergang.
Ein Wortwechsel, welche Bahn uns jeweils nach
Hause bringen würde, und schon standen wir an
der nächsten Haltestelle.

»Darf ich dich drücken?«, fragte ich.

Sterne wurden geboren und verglühten wieder
zu Schwarzen Löchern, bis er endlich nickte.

Ich hatte vorgehabt, ihm einen Kuss auf die
linke Wange zu hauchen. Stattdessen schlang ich
die Arme um seine Taille, und er legte seine um
meine Schultern, vergrub seine Nase in meinen
Haaren, seufzte, und entspannte sich. Trotzdem
schienen alle seine Sinne auf mich gerichtet.

Sein Herz pochte leise unter meinem linken Ohr, erstaunlich langsam.

Hieß das, dass er mir vertraute?

Wann hatte mich das letzte Mal jemand so umarmt? Einfach so, ohne Hintergedanken?

Ich brauchte ein bisschen, bis ich mich an ihn lehnen konnte wie er sich an mich. Die Welt wurde auf einmal sehr still, und es gab nur noch uns beide.

Die herannahende Straßenbahn unterbrach uns, Benedikt drückte mir einen Kuss auf den Scheitel, dann stieg er ein.

Ich schaute der Bahn nach und merkte erst, dass ich wie ein Betrunkener grinste, als mich eine ältere Dame angrummelte, deren Pelzjäckchen und Perlenschmuck im Laternenlicht schimmerten.

»Solche wie euch hätte man früher ins Gefängnis gesperrt.«

Oh ja. Ein rüde unterbrochenes Stelldichein mit einem jungen Chorherrn hatte Anlass genug geliefert, mich auf den Scheiterhaufen zu bringen. Der Chorherr hatte Spielschulden gehabt, ein anderer Geselle mit halbwegs gefülltem Geldbeutel war auf meine Barbara und vor allem ihr Erbe samt Werkstatt scharf gewesen, und ehe ich mich versah, war ich in einen Hinterhalt gelockt worden und hatte eine Anklage wegen Hexerei am Hals.

Verführung eines unschuldigen Geistlichen, Anstiftung zur Sodomie, Pakt mit dem Teufel etc.

»Wussten Sie, dass Ihr Persianer von neugeborenen Schäfchen stammt?«, sagte ich und überquerte die Schienen, um auf meine Bahn zu warten.

Hoffentlich träumte sie heute Nacht vom Schweigen der Lämmer.

———————

Benedikt:
Schwesterherz?

Nora:
Du hast das Date überlebt, sehr
schön.
Und?

Benedikt:
...

...

...

Ich könnte mich verlieben, glaube ich.

Nora:
Quietsch! <3!
Also hat er relaxt reagiert?

Benedikt:
Er hat versprochen, nachzulesen, und
dass wir uns wiedersehen.

Nora:
OMG. Er hat zugehört???

Benedikt:
Genau.

Nora:
Eigentlich ist es ja traurig, dass allein
so was dich aus den Socken haut.

Benedikt:
Jetzt mal halblang. So verzweifelt bin
ich nun auch wieder nicht. Das war
nur das Sahnehäubchen auf dem 🍰

Nora:
Na dann: Freu! Ich muss jetzt ins Bett,
aber morgen rufe ich an und will
Details.

— — — — —

Ich kehrte für meine Verhältnisse recht früh nach
Hause zurück – halb elf – deshalb kaufte ich mir

das empfohlene englischsprachige Werk als E-Buch und las es in einem Rutsch durch. Ich lernte, dass die asexuelle Community das Wort »Spektrum« liebte und einen Wust von Begriffen nicht nur für verschiedenste sexuelle, sondern auch romantische Empfindungen geschaffen hatte. Am Ende hatte ich wohl Glück, dass Benedikt nicht gleichzeitig aromantisch war.

Meinereiner konnte sich unter die Rubrik »allosexuell« sortieren. Darunter fielen alle, die nicht zum asexuellen Spektrum gehörten.

Danach stöberte ich durch die sehr überschaubare hiesige Bloglandschaft, um mich mit den Fachausdrücken auf Deutsch anzufreunden. Die waren meistens vom Englischen eins zu eins übernommen.

Schließlich fühlte ich mich einigermaßen gewappnet für das Gespräch mit Luzia morgen und ging schlafen.

Sonntag, 14. Mai

19 Grad, bis mittags Gewitter

Bei der Besprechung musste ich mir zuerst anhören, was mein Kollege, der Streber, zu berichten hatte. Ulrichs Zielperson konnte es angeblich abends nicht mehr erwarten, schlafen zu gehen. Superschnelle Ergebnisse im Vergleich zu meinem Debakel. Mist.

Deswegen krabbelten in unangenehmer Erinnerung an schlechtere Zeiten unsichtbare Flöhe über meine Haut, als Luzia mich über ihre Mokkatasse hinweg anschaute. »Und du?«

Ich räusperte mich. »Benedikt Niehaus ist asexuell.«

Luzia nickte, während Ulrich die Augen verdrehte. Offenbar gehörte er zu jener Sorte Leute, die nicht glaubten, dass das Phänomen existierte.

»In seinen Träumen hat er sich erfolgreich gegen alle Annäherungsversuche gewehrt«, sagte ich. »Ich musste ein waches Treffen bemühen, um das herauszufinden.«

Darauf schnalzte Luzia mit der Zunge.

Vor dem Tadel zog ich den Kopf ein. Solche Treffen waren üblicherweise dem Stadium vorbehalten, wenn ich die Zielpersonen vollkommen von mir abhängig gemacht hatte und der entsprechende Realitätsverlust einsetzte. Aber was hätte ich denn tun sollen? »Ich – er wünscht, mich wiederzusehen.«

Ulrich schnaubte. »Du verhältst dich wie ein blutiger Anfänger«, sagte er.

Ja, ja. Danke. Das war mir bewusst. »Als könntest du dieses Problem mit deiner langen Zunge lösen.«

»Mit der vielleicht nicht, aber du könntest ihn mal zum Arzt schicken. Dem fehlt bestimmt irgendein Hormon.«

»Meine Herren, also bitte«, sagte Luzia. »Du hast dich oft genug über frigide Zielpersonen beklagt, Ulrich, du solltest es besser wissen.«

Ulrich grummelte, dass es damals auch noch keine Testosteronampullen zu kaufen gegeben hatte.

»Wenn er keinen Sex will, dann sei halt romantisch, Andreas«, fuhr sie fort. »Mir ist es egal, ob du mit Fress- oder SM-Orgien ans Ziel kommst – wir brauchen einen Fuß in der ersten Kammer des Verfassungsgerichts.« Ihr Blick wurde eindringlich. »Aber du wirst deine Zielperson erst wieder leibhaftig treffen, wenn er es nicht mehr erwarten kann, nachts von dir zu träumen.«

Ich nickte ob dieser übertriebenen Ermahnung und kam mir dabei vor wie ein getadelter Schuljunge. Wenigstens verpasste Luzia uns keine Schläge auf die Finger, wenn wir ungezogen waren.

Nicht, dass wir uns echte Ungezogenheit getraut hätten.

»Sonst noch Fragen?«

Ich hielt wohlweislich den Mund.

»Na dann. Bis nächsten Sonntag, meine Herren.«

Wie immer verschwand sie mitsamt ihrer Mokkatasse in einer Wolke aus Rauch und Schwefel.

»Im Ernst«, sagte Ulrich. »Dein Opfer muss zum Hormon- oder zum Psychodoktor. Da kann doch was nicht stimmen mit dem, das ist nicht natürlich.«

Ich verdrehte die Augen. »Vor ein paar Jahrzehnten hättest du meine männlichen Zielpersonen auch zum Psychodoktor geschickt.«

»Würde ich immer noch, aber mit deiner Schwäche erreichst du wenigstens etwas.«

Ich blickte zur Decke, wagte aber nicht, ein Stoßgebet nach Oben zu richten. Abgesehen davon war mir schleierhaft, was die beiden Bosse eigentlich taten oder tun konnten. Oder ob sie dem Bodenpersonal die direkte Intervention übertrugen, so wie Mafiapaten ihre Schläger ausschickten, und stattdessen nur die Seelen der Verstorbenen zählten, die auf dem Weg ins Jenseits dem einen oder anderen Konto zugebucht wurden.

Musste ich noch jemandem erklären, warum ich Science Fiction und damit einen gott- wie teufelfreien Weltraum so mochte?

Währenddessen salbaderte Ulrich weiter. »Ich hab ja immer gedacht, das ist bloß eine Handvoll

Spinner, die auffallen möchten oder die zu hässlich sind, um wen abzukriegen. Aber wenn da tatsächlich was dran ist, dann sollten die alle dringend danach schauen lassen. Wahrscheinlich schlechte Erlebnisse in der Kindheit oder unterdrückte Homosexualität oder so, das müssen die aufarbeiten.«

Auf einem Blog hatte ich eine Bingokarte mit den häufigsten Einwänden gegen Asexualität gefunden und bald eine gedankliche Reihe voll. »Du solltest dich schon entscheiden, ob du Homosexualität therapieren willst oder Asexuelle dazu bekehren möchtest.«

»Besser irgendwen pimpern als gar nicht, sagte ich doch. Das solltest du mittlerweile wissen. Kollege.« Wieder tippte er sich an die Stirn, und diesmal war es ein echter Vogel. Er schlenderte nach draußen, während ich das Gespräch auf mich wirken ließ.

Wenigstens war mir eine Entgegnung eingefallen, aber keine von denen, die der Blog und das Buch als Antwort vorschlugen.

Erst jetzt konnte ich richtig nachvollziehen, warum Benedikt gestern so unsicher gewesen war – wenn man derart unsensiblen Unfug bei jedem Date zu hören bekam, vergällte einem das gewiss die Lust auf Verabredungen.

— — — —

Gruppe asKA

Jonah:
Laut Umfrage ist ja nächsten Samstag
der Stammtisch. Wir treffen uns wie
immer um 14 Uhr, diesmal im
MultiKulti, damit Maike mit ihrem
Rollstuhl auch teilnehmen kann.

Sanja:
Supi! Freu mich schon auf euch.

Maike:

DasKris:
Yay. Ich auch.

Oliver:
Komm ein bisschen später.

Maike:
... wie immer :P

Oliver:
selber :P

Benedikt:
Ich weiß noch nicht, ob ich kann.

Jonah:
Der gleiche Grund, warum du dich nicht auf den Mittwoch festlegen wolltest? ;)

Benedikt:
... vielleicht ;)

Sanja:
Los jetzt. Glühende Kohlen, geht gar nicht.

Benedikt:
Ich hatte am Samstag ein Date.

Sanja:
Und ist gut gelaufen?

Benedikt:
Er hat mich nicht gleich abgeschossen. Hat versprochen, nachzulesen, und dann nächstes Treffen.

Sanja:
Wow. Kommt auch nicht oft vor, dass wer ernsthaft interessiert ist.

DasKris:
Kenn dich zwar nicht persönlich, aber Glückwunsch.

Sanja:
Jedenfalls: Es gibt Grund zum Feiern.
Wer kommt nachher für Kuchen mit
ins Gold?

Maike:
Du würdest selbst die
Zombieapokalypse mit Kuchen im
Gold feiern.

Sanja:
Ich hab eben meine Prioritäten richtig
gesetzt. :P

— — — — —

Andreas:
Hallole. Gut geschlafen?

Benedikt:
...

...

Danke, ja.

Andreas:
Ich hab mich schon an die Recherche
gemacht, wurde aber leider rüde
unterbrochen :(

Benedikt:
?

Andreas:
Ich finanziere mein Langzeitstudium
mit Übersetzungen.

Benedikt:
Hattest du gestern erwähnt, ja.

Andreas:
Und nun kam ein extrem dicker
Brocken rein, den ich unmöglich
ablehnen kann, aber ich sehe echt für
die nächste Woche keinen freien
Abend. <weint 😢 >

Benedikt:
Vielleicht am Wochenende?

Andreas:
Das sollte klappen.

Benedikt:
Super
<rotes Herz ♡ >

Andreas:
<Kuss 😗 > zurück

Hatte Luzia mir nicht verboten, diesen Mann wiederzutreffen, bis das mit den Träumen geregelt war?

Ich starrte mein Handy an und das rote Herz, das mir von dessen Bildschirm entgegenleuchtete. Beinahe hätte ich ihm einen Kuss mit Herz zurückgeschickt. Was zum Henker war in mich gefahren? Ich war ein Dämon mit verpfändeter Seele, ich konnte wohl kaum von Englein oder Teufeln besessen sein. Sehr resolut linste ich weder auf die eine noch die andere Schulter, nur für den Fall, dass da tatsächlich wer saß und mir Dinge ins Ohr flüsterte.

Mit einem Tippen meines Fingers kehrte ich zur Kontakteliste zurück, damit ich das Herz nicht mehr sehen musste. Jetzt keine Panik. Ab heute hatte ich eine Woche Zeit. Sechs Nächte. Das sollte zu schaffen sein.

Den Rest meines Sonntags verbrachte ich damit, daheim zu lesen, denn es gewitterte schon wieder. Ein paar der Liebesromane auf Benedikts Reader hatten asexuelle Hauptfiguren, von denen ich hoffentlich erfuhr, was er so an Romantik erwartete.

Da er ein Frühaufsteher war, konnte ich mich recht bald in seine Träume schleichen. Gemütlich auf meinem Sitzsack drapiert, Wasser und Erdnüsse in Reichweite.

Benedikts erste REM-Phase verbrachten wir auf seiner Couch, ich an ihn gelehnt, und schauten sehr alte Folgen von *Raumschiff Enterprise.* Als ich mich über eine der zahlreichen schlechten Kulissen lustig machte, stopfte er mir Popcorn ins Hemd. Ich schlug zurück, wir rangelten, fielen von der Couch und knutschten, während Captain Kirk und Spock den Tag retteten.

In der zweiten REM-Phase spazierten wir bei strahlendem Sonnenschein händchenhaltend am Rhein entlang und beobachteten die Schiffe.

In der dritten REM-Phase kamen wir mit verheulten Augen aus dem Kino – *Moonlight.** Bemerkenswert, dass ihn der Film genauso gebeutelt hatte wie mich. Er zog mich an sich und drückte mich eine Weile, mitten vor dem Kino auf dem Gehsteig, benieselt von kühlem Winterregen. Ich bugsierte uns zum benachbarten Lokal, das eine kleine, aber feine Karte hatte, bestellte Oliven mit Brot und zwei Wodka Lemon, die wir schweigend leerten.

Die zweite Runde gab ich ein Bier für ihn und einen Cidre für mich aus. Da ich nunmehr in Verhältnissen lebte, die mir erlaubten, andere Alkoholika zu konsumieren als Bier oder krachsauren fränkischen Wein, verzichtete ich weitgehend auf Hopfenkaltschalen.

»Danke«, sagte er schließlich. »Dass ich nichts sagen musste.«

Ich hob einen Mundwinkel. »Ebenfalls.«

»Eigentlich ist es unsinnig.«

Ich hob die Brauen.

»Es sollte mich nicht so mitnehmen. Ich habe quasi nichts mit der Hauptfigur gemeinsam.«

»Hmm.« Ich hatte auch wenig Schnittpunkte mit dieser tragischen Gestalt. Aber ich wusste genau, wie es war, immer und immer wieder den anderen Dinge vorzuspielen.

»Meine Eltern sind auch ziemlich locker und haben mich immer unterstützt.« Er seufzte. »Und jetzt überlege ich mir, wie ich wäre, wenn sie ihren schwulen Sohn vor zwanzig Jahren aus dem Haus gejagt hätten.«

»Du bist nicht schwul.«

»Vor zwanzig Jahren wusste ich nur, dass ich Jungs küssen will.« Eine lose Geste. »Die restliche Erkenntnis kam später. Damals gab's ja nicht mal ein Wort dafür.«

Ich legte meine Hand auf den Tisch, er griff danach, und wir schauten uns eine Weile in die Augen, auch wenn er nicht ahnen konnte, dass ich ganz anderen Erinnerungen nachhing als er.

Irgendwann seufzte er. »Die anderen, die konnten ums Verrecken nicht still sein und fingen gleich an zu reden. Entweder mussten sie sich keine Fragen stellen oder sie wollten nicht zugeben, wie mitgenommen sie waren.«

Ich blinzelte. Moment. Welche anderen? Erinnerte er sich in seinem Traum an den tatsächlichen Tag, an dem er den diesjährigen Oskargewinner zum ersten Mal gesehen hatte?

Mist, Mist. Aber bevor ich nachforschen konnte, dämmerte er in den Tiefschlaf weg.

Montag, 15. Mai

Morgens heiter, ab mittags Gewitter,
19 bis 23 Grad

In der vierten Traumschlafphase spazierten wir über den Wochenmarkt und kauften Gemüse, das wir in Phase fünf verkochten. Leider reichte es nicht mehr zum Essen, denn Benedikts Wecker klingelte.

Und ich konnte schlafen.

Am Abend holte ich mir zur Feier des Tages eine Pizza und inhalierte nebenbei mit drei Tagen Verspätung die neueste Ausgabe von *Perry Rhodan,* von der mich der Wälzer vom Freitag erfolgreich abgelenkt hatte. Eine nicht zu unterschätzende Leistung.

In der Nacht zerlegten wir einen neuen, hochgelobten Science-Fiction-Roman aus China, stellten fest, dass wir lieber *Das Lied von Eis und Feuer* lasen, als *Game of Thrones* zu schauen, und kamen von einem Pamphlet wider den Genderismus auf die möglichen Ursachen des Verbots von Analsex in der Bibel.

»Alle Atheisten, die ich kenne, sind asexuell«, merkte Benedikt an.

Ah. Interessant. »Kennst du genug andere Leute, um einen Vergleich zu ziehen?«

Kopfschütteln. Er nippte an seinem Craft-Bier in der lauschigen Ecke eines Biergartens. »Wie oft kommst du im normalen Alltagsleben auf solche Themen? Aber in einer Runde Aces darfst du ungestraft über so was reden.«

Nun ja. Kein Wunder bei Treffen, die per Internet in queer-freundlichen Räumen arrangiert wurden.

Aus reiner Neugier fragte ich: »Und du?«

Er zuckte mit den Achseln. »Agnostisch. Egal, ob da ein Schöpferwesen ist oder nicht, es kümmert sich offensichtlich nicht um ein auserwähltes Volk. Das müssen wir haarlosen Affen schon selbst erledigen.«

»Hmm-hmm.« War mir sympathisch, die Haltung. Nicht ganz korrekt, aber sympathisch.

»Ich weiß auch nicht, ob ich SciFi und Fantasy so gern mag, weil die Gottheiten darin alle nachweislich erfunden sind. Oder ob ich meine Meinung über Religion habe, weil ich zu viel über erfundene Religionen gelesen habe.«

Ich hob meine Rhabarberlimo und prostete ihm zu. »Bei mir ist eindeutig ersteres der Fall.«

Er stieß an und grinste, als hätte ich ihm gerade meine ewige Ergebenheit auf einem Tablett angetragen.

Was mussten wir uns auch so gut verstehen.

Alle anderen Dates jener Nacht verblassten vor diesem Gespräch.

Dienstag, 16. Mai

Morgens und abends Gewitter,
tagsüber 22 bis 26 Grad

Benedikt:
Die Tipps auf der Webseite waren
echt hilfreich.

Sanja:
Bitteschön. :D

Benedikt:
Einziger Nachteil ist, dass ich jetzt
weiß, wie gut ich träume, und
tatsächlich lieber früh ins Bett gehe,
als Zeit im Netz zu verplempern.

Sanja:
Hatte dein gehörnter und
beschwanzter Meisterkuschler einen
neuen Auftritt? 😈

Benedikt:
Ehm. Weißt du was, nicht direkt. Aber

...

...

Aber jemand sehr Ähnliches.

...

...
Wieso ist mir das nicht früher
aufgefallen?

Sanja:
Bist du sicher, dass du nicht in
irgendeinen Promi verschossen bist?
Oder sonst wen, den du regelmäßig
siehst?

Benedikt:
Wenn überhaupt, dann mein Date
vom Samstag.

Sanja:
Dein Teufel war aber sehr viel vor
Samstag.
Und du schuldest mir noch den
Namen deines Dates.

Benedikt:
...
Andreas. Und der teufel war in der
nacht auf dienstag. Hab gerade in die
alten nachrichten geschaut

Sanja:
Alles in Ordnung mit dir?

Benedikt:

...

Weiß nicht.
Wieso träume ich montags von
jemandem, der mich am Donnerstag
mit dem Fahrrad beinahe überfährt
und mich dann anbaggert?

Sanja:
Wahrscheinlich hast du ihn vorher
unbewusst wahrgenommen.

Benedikt:
An diese blauen Augen sollte ich mich
doch erinnern.

Sanja:
Das Unbewusste geht manchmal
seltsame Wege.

Benedikt:
Mir ist das langsam ein bisschen zu
seltsam.

Sanja:
Wenn du am Samstag keine Zeit hast,
treffen wir uns am Sonntag im Gold,
und ich bring dir ein Amulett gegen
schlechte Einflüsse aus Träumen mit.

— — — — —

Benedikt:
Und?

Andreas:
Es wird. Hab schon ganz viereckige
Augen, wie man früher zu sagen
pflegte.
Aber bis Samstag ist das wieder
besser.

Benedikt:
Super. ^^

Andreas:
Abendessen und Cocktails?
Irgendeine Sorte Essen, nach der dir
der Sinn steht?

Benedikt:
Hmm. Überrasch mich.

Andreas:
Syrisch?

Benedikt:
Gibt's hier in der Stadt? Haben die
Tamarindenlimo?

Andreas:

Haben sie. 😎 Ein Mann mit oder nach meinem Geschmack. 18 Uhr an der Haltestelle Herrenstraße?

Benedikt:

Ich kann auch Suchmaschinen benutzen und rausfinden, wo ich hinkommen muss.

Andreas:

Aber dann kannst du nicht mit mir von der Haltestelle bis zum Al Ouard laufen.

Benedikt:

?

Andreas:

Vielleicht will ich ein paar Meter lang deine Hand halten?

Benedikt:

...

...

Okay. 18 Uhr Herrenstraße 😮

Andreas:

Verfluchter Mist.

Dieser Mann machte es wirklich zu einfach, meine allgemeine Situation zu vergessen. Wegen der Träume fühlte es sich an, als würden wir uns schon Jahre kennen. Ich wusste, wie er küsste, auch wenn ich ihn noch nie geschmeckt hatte.

In einem anderen Leben würde ich ihn glücklich meinen Liebsten nennen – Sex hatte ich in den letzten Jahrhunderten wahrlich genug gehabt, um darauf verzichten zu können und zu wissen, dass der in meinem Fall nicht als Kitt für eine Beziehung taugte.

Aber in diesem Leben würde ihm mein seltsamer Tagesrhythmus selbstverständlich genauso auffallen wie die Tatsache, dass ich nicht wirklich studierte, die Übersetzertätigkeit mehr ein Hobby war und ich gelegentlich in Luzias Auftrag völlig verstörte Männer abschleppte, um ihrem freien Willen den Rest zu geben.

Meine Zielpersonen gab ich nach erfolgreicher Mission an Luzia ab, und danach besuchte ich sie nur noch selten, als Belohnung für der Hölle erwiesene Dienste.

Gegen acht pingte mein Telefon mit einer Nachricht von Unten. Wenn man von der Teufelin sprach: Einer meiner Verflossenen hatte endlich ein umstrittenes Dokument zuungunsten der Umwelt unterschrieben, und ich sollte ihn gefälligst in der Nacht mit meiner Anwesenheit beglücken. Was nicht mehr lange hin war.

Wenigstens hatten sie bis jetzt gewartet, um mir den Tag zu versauen.

Zu einer halben Lieferpizza von gestern trank ich mir mit einer halben Flasche Wein den Abend schöner und richtete mich dann auf meinem Sitzsack ein.

Wie vorhergesehen war Gerhard in Aussicht auf die Belohnung früh zu Bett gegangen. Übung darin, sich ein Traumschlafzimmer herzurichten, hatte er auch. Kaum betrat ich es, drückte er mich mit mehr Kraft, als ein wohlstandsbäuchiges Aufsichtsratmitglied im echten Leben hätte aufbringen können, gegen die Tür und saugte sich an meinem Nacken fest wie eine Zecke, während mir seine Hände die Kleider vom Leib rissen.

Gerhard stand darauf, mich auszuziehen, sonst wäre ich gleich nackt erschienen.

Als er mit dem Knutschfleck zufrieden war, ließ er von mir ab. »Es ist viel zu lange her.«

Endlich fand ich in meine Rolle und lächelte ihn an. Meine Hände glitten von seinen Schultern nach unten. »Viel zu lange«, schnurrte ich und zupfte an den Haaren um seine Brustwarzen.

»Ich würde dich am liebsten in meinem Keller einsperren.«

Ich machte ein unverbindliches Geräusch. Derartige Wünsche hatte ich bereits von zahlreichen Männern gehört.

Er hielt mein Kinn fest, sah mir in die Augen. »Kannst du nicht öfter vorbeischauen? Alkohol hilft nicht. Joints helfen nicht. Pornos helfen nicht. Nicht mal der Callboy, den ich engagiert habe. Dabei sieht er genauso aus wie du.«

Aber ich hatte ungleich länger Erfahrung darin, Gerhard mit genau dem zu versorgen, was ihn erregte. Mit einem entschuldigenden Lächeln griff ich nach seiner Hand. »Du weißt, dass ich nicht Herr meiner eigenen Zeit bin.« Damit nahm ich seinen Daumen in den Mund und begann daran zu saugen.

Mit neunzigprozentiger Wahrscheinlichkeit wusste Gerhards Ehefrau nicht, dass sein linker Daumen empfindlicher war als die meisten Nippel.

Ich würde dieses arme Würstchen jetzt verwöhnen und mich für den Rest der Nacht Benedikt widmen. Der war wesentlich angenehmere Gesellschaft.

Mist. Irgendwann würde mein küsschenversendendes Ace enden wie Gerhard und die anderen, nicht wahr? Allerdings ohne Sex und mit mehr Kuscheln.

Aber ich wollte Benedikt nicht nur sporadisch sehen dürfen, und ich wollte nicht, dass er mich dann begrüßte wie ein Junkie seinen Dealer.

Dreimal verfluchter Mist.

In welche Sackgasse hatte ich mich da manövriert?

Mittwoch, 17. Mai

Morgens Gewitter, abends Nieselschauer
bei 25 bis 30 Grad

Trotzdem machte ich meinen Job und suchte Benedikt in der zweiten Nachthälfte im Traum heim.

Es gab eine Radtour am Rhein, ein Candlelight-Dinner und eine Runde Knutschen zwischen seinen Laken, bis sein Wecker klingelte.

Es geschah nicht oft, dass ich die Wecker meiner Zielpersonen verfluchte. Und gleichzeitig dankbar dafür war, denn auf diese Weise konnte ich meine Spielzeugschublade in Ruhe nach einem passenden Teil durchwühlen und es zum Einsatz bringen, ohne Benedikt vor den Kopf zu stoßen.

Die Bedeutung der A-Karte, die ich da gezogen hatte, war wirklich nicht zu unterschätzen.

Was zum Henker würde ich tun, wenn ich meinen Auftrag zu Luzias Zufriedenheit erledigt hatte?

Natürlich konnte ich die Angelegenheit in die Länge ziehen, aber nach spätestens vier Wochen würde sie Ergebnisse sehen wollen. Auch, weil sie mir wegen der Erlösungsklausel schneller Eigennutz unterstellte als dem Rest der Truppe. Danach würde jemand anderes auf Benedikt angesetzt. Eine Vorstellung, von der mir die Eifersucht heiß im Magen brannte.

Mir graute vor der nächsten Nacht, die mich einen Tag näher an den Sonntag und damit zu dem wöchentlichen Meeting mit Luzia bringen würde.

Entsprechend schlecht schlief ich, was wiederum dazu führte, dass ich am Nachmittag Zeit hatte. Da es ja immer hieß, dass ein geordneter Geist ein geordnetes Umfeld bräuchte, fing ich an, meine Wohnung aufzuräumen und zu putzen. Dann ging ich einkaufen und kochte mir Spargel. Dazu gab es reichlich Weißwein, das gehörte ja dazu.

Dass auch Gerhard seine Sehnsucht nach mir mit Alkohol betäubt hatte, fiel mir erst nach dem zweiten Glas ein. Glücklicherweise, denn danach schmeckte mir der elsässische Riesling trotz seiner fruchtig-blumigen Note überhaupt nicht mehr.

— — — — —

Jonah:
Sag mal, wo steckst du denn?

Benedikt:
...
PrinzS um 18 Uhr?
Ich bin zu spät. OMG, sorry. 😦
10 Minuten?

Jonah:
Ich geh schon mal rein, ich hab Durst.

Benedikt:
Prost.

— — — — —

Benedikt:
Tut mir leid, dass ich noch störe, aber sag mal, wenn ich so viel schlafe, sollte ich mir doch Dinge besser merken können?

Sanja:
So funktioniert das normalerweise. Und du hast mich nur vom Päckchenpacken weggeholt. Die Hexen sind dieses Jahr spät mit dem Frühjahrsputz und den zugehörigen Räucherungen dran. :) Wieso fragst du?

Benedikt:
Ich hatte heute bei einem Meeting gleich bei zwei wichtigen Fakten einen Blackout. Passiert mir sonst nie. Hat einen verflucht schlechten Eindruck hinterlassen.

Sanja:
Hm. Und das ist erst, seitdem du von deinem Dämon geträumt hast?

Benedikt:

Es ist graduell schlechter geworden. Vorhin hab ich außerdem meine Verabredung mit Jonah verpeilt.

Sanja:

Also fassen wir zusammen: Deine REM-Phasen funktionieren nicht so, wie sie sollen. Obwohl oder weil du viel und lebhaft träumst.

Benedikt:

Von dem Typen, der meinem Date so sehr ähnelt.

Sanja:

...

Sei so gut und frag dich nicht mehr in regelmäßigen Abständen, ob du wach bist oder träumst, sondern, ob du gerade diesen Andreas um dich hast oder nicht.

Benedikt:

Und was soll das bringen?

Sanja:

Hexenbauchgefühl. Eventuell ist es ein echter Dämon.

Benedikt:

...

Okay. Finde ich zwar reichlich
versponnen, im Gegensatz zu einer
Schilddrüsenunterfunktion oder so,
aber okay.

Sanja:
Ich weiß, dass das abgefahren klingt.
Tu mir bitte trotzdem den Gefallen
und berichte mir morgen.

Benedikt:

...

Ich werde es tun. Weil du es bist.
Auch wenn es meinem agnostischen
Weltbild widerspricht.

Sanja:
Es ist sehr vieles gleichzeitig wahr.
Besser unentschieden als fanatisch.

Benedikt:
Du solltest Orakelsprüche statt
Räuchermischungen versenden.

— — — — —

Mit ein wenig Magengrimmen begann ich gegen
23 Uhr meine Arbeit.

Im Traum erwartete er mich an der Straßen-bahnhaltestelle unweit seiner Wohnung. Ich stieg aus und ließ mich umarmen. Er küsste mich auf die Stirn und murmelte so leise, dass ich zwar kein Wort verstand, mich aber trotzdem getröstet fühlte.

Ziemlich bald wachte er auf – Mist. Was hatte ich mir bei dem Szenario nur gedacht?

Besser gesagt, ich hatte überhaupt nichts ge-dacht.

Ich brauchte irgendetwas, das meinen Geist sammelte, damit ich nachher nicht den nächsten Anfängerfehler machte. Eine Runde Nachrichten mit Kommentarspalten lesen, damit ich mich dar-an erinnerte, dass die Menschheit die höllischen Plagen und den Untergang verdient hatte?

Ich zückte mein Handy und stellte fest, dass eine Nachricht von Benedikt eingetroffen war.

Benedikt:
Alles in Ordnung mit dir?

Andreas:
Dir auch einen wunderschönen guten Abend. ^^ Ja, hier ist alles in Ordnung.
Wieso?

Benedikt:
Keine Ahnung. Ich hatte so ein seltsames Gefühl.

Andreas:

Ich habe hier eine weitere
Nachtschicht mit diesem 🔪 💣 ☠️
Vertrag, aber sonst ist alles okay. Und
für Samstag sieht es gut aus.
Pfandfinderehrenwort.

Benedikt:
Na dann. Entschuldige die späte
Störung.

Andreas:

Immer gern. :)
Ich bin noch wach, aber deine
Schlafenszeit ist doch sicher durch?

Benedikt:
Stimmt. Gute Nacht.

Andreas:

Schlaf schön und träum was Süßes.

Mist. Was war das gewesen?

Unglücklicherweise hatte ich meine Küche schon auf Hochglanz gebracht, aber die Fenster? Von innen wenigstens konnte ich die putzen.

Donnerstag, 18. Mai

Morgens heiter, mittags und abends Gewitter bei
15 bis 22 Grad, schwül

Wegen dieser unprofessionellen Bummelei verpasste ich Benedikts nächste REM-Phase und klinkte mich erst zur dritten wieder bei ihm ein.

Diesmal klammerten wir uns auf meiner Couch aneinander fest.

Nicht viel besser als das Szenario mit der Straßenbahnhaltestelle vorhin, aber in dieser Nacht musste ich mich wohl mit kleinen Siegen zufriedengeben.

In der vierten Traumphase spülte uns ein Bericht über die Vorbereitungen zum G20-Gipfel in Hamburg in eine nicht näher bestimmte Polizeiwache, wo ich einen äußerst zerzausten Benedikt aufsammelte.

»Wenn ich mich wenigstens bei einer nicht genehmigten Demo an Gleise gekettet hätte oder so«, meinte er. »Aber wegen einer Schlägerei, an der ich nicht mal beteiligt war?« Er verdrehte die Augen. »Scheiß Ultras. Und der Polizeiobermeister ist homophob, sonst hätte er mich nicht mitgenommen.«

Hm? Oh, an Benes ramponiertem Hütchen – es hatte einen Schuhabdruck auf der plattgetretenen Krempe – prangte immer noch ein regenbogenbunter Button. Ich konnte glauben, dass er an

Karlsruher Fußballfans geraten war. Selbige genossen einen nicht besonders guten Ruf, wobei ich Menschen im Fußballfanmodus genauso mied wie Besucher von Volksfesten. Selbst die ruhigeren Exemplare hatten einen nicht zu vernachlässigenden Hang, sich nach zu viel Bier in die S-Bahn zu erbrechen.

Ich nahm Bene das Hütchen ab, strich ihm mit wenig Erfolg die Haare glatter, und führte ihn, demonstrativ bei ihm untergehakt, aus dem Revier. Wir kamen in einem Park heraus, was nicht meine Idee gewesen war und die Traumqualität des Settings eindeutig bewies.

»Auch schon mal eine Zelle von innen gesehen?«, fragte er.

Ich vergaß, meinen Fuß zu heben, und brachte uns damit aus dem Takt.

»Du musst es mir nicht erzählen, wenn du nicht willst.« Er schaute mich traurig an.

Welche Gründe malte er sich für mein Stolpern aus? Bemitleidete er mich? Ich ließ ihn los, denn Mitleid konnte ich nicht brauchen.

»Es ist lange her.« Trotzdem begann ich, meine Finger zu massieren, wo die längst verheilten Brüche von der Daumenschraube juckten.

»Das heißt nicht, dass es dich nicht belastet«, stellte er fest.

Dreimal verfluchter Mist. Seit Jahrzehnten hatte ich es erfolgreich vermieden, an jene drei Wochen im Herbst zu denken, und dann kam er.

»Verleumdung«, sagte ich. »Wegen angeblicher Verführung eines Minderjährigen. Es ging um ein Erbe. Viel Geld.«

Er machte »hmm-hmm«, obwohl der Straftatbestand sicherlich anders hieß. »Danke. Es tut mir leid, dass du so was mitmachen musstest.«

Wir gingen einige Schritte. Wenn er bemerkte, dass in der Ferne die Würzburger Stadtbefestigung der damaligen Zeit erschienen war und dunkel drohte, widmete er ihr keinen weiteren Blick.

»Normalerweise ist das die schmutzigste Waffe bei Scheidungen«, bemerkte er.

Ich zuckte mit den Achseln. Menschen waren zu den hässlichsten Dingen fähig. Und zu den selbstlosesten. Wenn sie nur nicht so ein Haufen widersprüchlicher Arschlöcher wären …

Nach einigen Minuten fanden wir eine Bank mit Aussicht auf die Elbphilharmonie. Dort saßen wir eng aneinandergeschmiegt, bis Bene in eine Tiefschafphase sank.

Moment.

Bene.

Bene?

Wann hatte ich begonnen, ihm einen Kosenamen zu verpassen? Teufel, Pest und Cholera.

Ich musste mich dringend auf meine Stellung im Nicht-so-richtig-Leben besinnen, sonst würde Luzia Unaussprechliches mit mir anstellen.

Weil ich mir in dieser Nacht noch mehr Fehler zutraute, ließ ich, ahem, den Benedikt Niehaus schlafen und verkroch mich ausnahmsweise vor dem Morgengrauen in mein eigenes Bett.

— — — — —

Benedikt:
Guten Morgen! ☀ Wie geht's dir und dem ominösen Vertrag?

Andreas:
Sorry, ich bin spät ins Bett gekommen und grade erst aufgewacht. Dir einen guten Mittag.
Dem Vertrag und mir geht es gut.

Benedikt:
Dann bleibt es bei übermorgen?

Andreas:
…
…
Klar doch.

Benedikt:
Ich freu mich schon die ganze Woche drauf. Ist sicher alles in Ordnung?

Andreas:

...

...

...

Schon.
Freu mich auch auf dich. :)

Eine Weile starrte ich mein Telefon an, bevor ich es ganz stumm schaltete, es zurück auf den Nachttisch legte, mir die Decke über den Kopf zog und beschloss, dass es bei meiner Laune sowieso zu sonnig zum Aufstehen war.

— — — — —

Benedikt:
der typ raubt mir den letzten nerv

Sanja:
?

Benedikt:
also, ich bin mir fast sicher dass ich schon die ganze zeit von andreas träume

Sanja:
Okay. Klingt bedenklich.

Benedikt:

aber es kommt noch besser: es fühlt sich an, als würde ich ihn schon seit monaten kennen

und heute nacht war er mies drauf, und als ich ihn heute früh deswegen angeschrieben habe, gabs nur ein emoji und er klang ziemlich distanziert

Sanja:

Das klingt mehr als bedenklich.

Hör zu, wann hast du nachher Schluss? Kannst du bei mir vorbeikommen und dir ein Amulett abholen?

Benedikt:

Klar. Würde so 18 Uhr.

...

Aber ich habe am Samstag ein RL Date mit ihm, und

...

...

Sanja:

Es liegt dir was an ihm, hm?

Benedikt:
Sollte es nicht, ich weiß

Sanja:
Komm trotzdem das Amulett holen.
Und morgen Abend treffen wir uns
wieder, und ich lese es aus. Eine
Nacht Daten sollten für eine nähere
Bestimmung reichen.

Benedikt:
Paranormaler Tricorder? ;)

Sanja:
Glaub du nicht, dass ich kein Star Trek
gesehen habe, nur weil ich eine Hexe
bin. 🎃

———————

Weil ich mich abends immer noch nicht besonders gut fühlte – und das nächste Gewitter meine Stimmung auch nicht aufhellte – griff ich auf Hühnersuppe aus der Dose zurück und prokrastinierte mithilfe meines Nebenjobs. Die Menschen von der Agentur, die derlei Aufträge vermittelte, hatten glücklicherweise gleich eine Aufgabe wie geschaffen für mich: Eine weitere Nahrungsergänzung, deren Broschüre wie üblich voll falscher

Versprechungen steckte, sollte auf den deutschen Eiweißpulvermarkt geworfen werden.

Wahrscheinlich lag es an diesem Ablenkungsmanöver, dass wir beide zu, ahem, Benedikt Niehaus' erster REM-Phase in einem Fitnessstudio materialisierten, im Trab auf nebeneinander stehenden Laufbändern. Wobei – er trabte locker, ich hechelte bei weniger Geschwindigkeit.

Zugegeben, ich hatte mir nicht besonders viel überlegt, aber seine Couch als Ziel gehabt. Stattdessen also Laufband.

Ich war seit knapp vierhundert Jahren Inkubus – wieso geriet meine Existenz erst jetzt außer Kontrolle?

»Andi?«

Ich schüttelte den Kopf, stolperte darüber fast vom Laufband und schaffte es dann, Bene, aargh, Benedikt Niehaus in die Augen zu sehen.

Es war eine lange Zeit her, dass mich jemand mit einem Spitznamen angesprochen hatte, der von meinem echten Namen abgeleitet war.

»Du bist mit deinen Gedanken ganz woanders, hm?« Bene lächelte mich an. Es versetzte mir einen Schlag vor das Brustbein und presste mir sämtliche Luft aus der Lunge. Genauso gut hätte ich von diesem verfluchten Sportgerät fallen können.

Aus den Fältchen um seine Augen sprach jene duldsame Zärtlichkeit, welche langjährige Liebespaare für die Macken des jeweils anderen aufbrachten. Noch nie hatte jemand mich so angeschaut.

Ich rang mir ein Lächeln zurück ab. »Irgendwie muss ich ja diese quälende Langeweile überstehen.«

Er schnaubte. »Zugegeben, an der frischen Luft ist es schöner. Da kann ich auch besser abschalten.«

Auf das Stichwort hin sah ich zum Fenster. Draußen herrschte dichtes Schneetreiben wie anno 1629 in Würzburg. Ungewöhnlich für Karlsruhe und seine Lage in der Rheinschiene. Und täuschte ich mich, oder dräute die Marienfeste da draußen über den Weinbergen?

Ich fröstelte, als wäre die Langeweile auf einem Laufband vergleichbar mit jenen Stunden in einem kalten Kerker, in denen ich auf das nächste Verhör gewartet hatte.

»Es gibt Kakao und *Enterprise* als Belohnung«, holte Bene mich in die Gegenwart.

»Unter Kakao mit Schuss mach ich es nicht«, grummelte ich.

»Ich habe Rum da.«

Dies war das Schlusswort für jene ungewöhnlich kurze Traumphase.

In der nächsten landete ich zwar neben Bene unter einer kuscheligen Decke, jedoch nicht bei einer Episode aus dem Star-Trek-Universum, sondern bei einem düsteren Jugendfilm.

Es brauchte einige Minuten, bis ich begriff, dass ich es mit der Geschichte vom sorbischen Zauberer Krabat zu tun hatte. Passte zu meiner Entstehungszeit.

»Das Buch fand ich grusliger. Hab zwei Anläufe gebraucht«, meinte Bene auf einmal. »Aber da war ich auch zwölf.«

Egal. Nach Krabats Handschlag mit dem bösen Müllermeister mochte ich nicht mehr hinsehen, auch wenn ich in einer Zimmerei ganz ohne Zauberbuch geschuftet hatte statt in einer gottverlassenen Mühle. Auch wenn Krabat höchstwahrscheinlich nie gelebt und nie einen Pakt mit dem Teufel geschlossen hatte. Daher kuschelte ich mich an Bene, vergrub mein Gesicht in seiner Schulter, legte meine rechte Hand auf seinen warmen Bauch.

Das reichte als Ablenkung, bis Raben krächzten und ich erschauerte. Die Viecher hatten mich damals auf dem Weg in mein Gefängnis umkreist, als wollten sie mich daran erinnern, dass ich – gut geröstet – als nächstes auf der Speisekarte stand.

Vielleicht deswegen begann Bene, mit den Fingern durch meine Haare zu streichen. Aber der Fernseher lief unerbittlich weiter, als hätte Bene selbst keinen Einfluss auf das Programm.

Danach wollte ich es für diese Nacht gut sein lassen, doch Luzia bewies unnachahmliches Gespür für Timing und bat per Infernalischem Messenger um einen kurzen Bericht über meine Fortschritte, statt auf den Sonntag zu warten.

Wieso zum Henker war sie plötzlich so misstrauisch? Hatte sie gerochen, dass ich in ihrem Beisein über meine Vertragsbedingungen nachgedacht hatte?

Ich schrieb ihr, dass Bene nunmehr früher ins Bett ging, um mich häufiger zu treffen. Was nicht gelogen war.

Ich hätte ahnen sollen, dass ich in Benes dritter REM-Phase gleich in meiner Zelle landen würde.

Auch damals hatten sie schon gewusst, dass Einzelhaft eine besondere Form der Grausamkeit war, und gehofft, dass die mangelnde Ansprache mich zum Reden bringen würde, wenn es das andere nicht getan hatte.

Zu diesem Zeitpunkt hatte ich unter anderem sieben gebrochene Finger, vermisste sämtliche Zehennägel, drei Zähne und musste mich zwingen, nicht an den Brandwunden zu kratzen, deren eine seit Tagen eiterte. Bene kniete über meinem geschundenen rechten Fuß. Sein dunkelblondes Haar leuchtete dank einer nicht näher identifizierbaren und eindeutig im Fieberwahn herbeiphantasierten Lichtquelle wie ein Heiligenschein. Selbst ohne eine Ausbildung in Erster Hilfe schien er zu ahnen, dass die schwarzen Linien, die sich von besagter Brandwunde über den

Spann zum Unterschenkel zogen, kein gutes Zeichen waren, daher runzelte er die Stirn.

Es war eindeutig zu hell in dem Loch. Luzia lehnte an der entfernten Wand – damals hatte sie die ausladenden Gewänder einer Matrone aus dem Adel des zerfallenden Reichs getragen, aber hier lauerte sie mit ihrer Mokkatasse und einem graubraunen Businessanzug, in dem sie fast mit der Wand verschmolz.

War sie wirklich dabei, oder war das hier nur ein Traum?

Noch während ich zu einem gleichgültigen Gott betete, dass sie mich nicht derart bei einem Patzer erwischt hatte, hob Bene den Kopf und folgte meinem Blick zur Wand.

Luzia nippte an ihrem Mokka, als würde sie nicht von uns beiden angestarrt. Dann verschwand sie, ohne ihre typische Schwefelwasserstoffwolke, und Bene wachte auf.

Genug für heute.

Wenigstens wusste ich, dass Luzia mich nicht bei der Arbeit beobachtet hatte, denn den Geruch wurde sie nie los.

Freitag, 19. Mai

Regnerisch, ab abends heiter, aber klamm,
12 Grad

Benedikt:

Die seltsamste Nacht meines Lebens.

Sanja:
Okay. Drück dich. Bis später.

— — — — —

Andreas:
Geschafft!

Benedikt:

Andreas:
Und du auch schon Feierabend?

Benedikt:

Jupp. Hab leider was vor, sonst würde
ich dich ausführen. Will mich gleich
mit einem hiesigen Ace beschnuppern
gehen. 🍰

Andreas:

…

Ich bin ein bisschen eifersüchtig, auch wenn's komplett bescheuert klingt.

Benedikt:

Es ist eine Sie.

Andreas:

Na dann bin ich aber erleichtert. ^^
Viel Spaß. Bis morgen dann?

Benedikt:

Bis morgen 😗 🍰

Andreas:

😗 🍰

— — — — —

Nora:

Bin jetzt auf dem Weg in die ärztliche Notfallpraxis, arbeiten. Viel Glück mit deinem Date morgen, Bruderherz.

Benedikt:

Danke!

Nora:

Ich drück dir so was von die Daumen.

— — — — —

Hexenforum – Dämonen

räucherfee-karlsruhe hat ein neues Thema erstellt: Hat irgendwer Erfahrung mit Incubi und/oder Traumgängern?

Räucherfee-karlsruhe schreibt:

Ich habe hier einen Traumgänger, der vermutlich mal ein Mensch war. Er belästigt einen Kumpel von mir mit Visionen von trauter Zweisamkeit und hat ihn bereits leicht abhängig/verliebt gemacht. Mein Kumpel verliert derzeit wichtigen Schlaf und hat deswegen schon ein schlechteres Gedächtnis. Im RL hat sich der Traumgänger auch an meinen Kumpel rangewanzt, und zwar so erfolgreich, dass er ein Date mit ihm morgen nicht absagen will.
Wie werden wir den Parasiten wieder los?

noor-al-layl schreibt:

Hi Räucherfee, nach einem Energieparasiten klingt das nicht, eher nach einem klassischen höllischen Sex-gegen-Gefallen-Deal. Ist dein Kumpel in einer wichtigen Position, von der die Mächte Unten profitieren könnten?

räucherfee-karlsruhe schreibt:

Ist er. Hab ich gar nicht dran gedacht, danke. <3 Also wollen die Unten was von ihm. Ultima ratio wäre eine sofortige Kündigung?
Noch wer eine Idee? Können wir das Date morgen nutzen?

So wie ich dich kenne, arbeitest du doch schon an einem Amulett, das alle Mächte von den Träumen deines Kumpels fernhält. :D
Zu dem Date sollte er mMn *auf keinen Fall* gehen – du weißt genauso gut wie ich, dass Weihwasser und Kruzifixe gegen Unten nichts bringen. Und eine Konfrontation könnte dazu führen, dass dein Kumpel direkt manipuliert wird.

— — — — —

Benedikt Niehaus' Treffen mit dem weiblichen Ace musste gut verlaufen sein, denn er fand ungewöhnlich spät ins Bett. Ich saß auf meinem Sitzsack und verging vor Eifersucht, ganz gleich, was ich per Text behauptet hatte. Wer war diese Person? Worüber unterhielten sie sich? Durfte sie ihn umarmen?

Ich fröstelte, aber auch, als ich mich in eine Decke wickelte, wurde es nicht besser.

Ich hatte niemanden, mit dem ich mich spontan treffen konnte. Sicher, ich könnte mich in einen Zug oder ein gemietetes Auto schwingen, um in einem Club in Stuttgart oder einer Sauna in Mannheim Männer aufzureißen, aber das war eben Sex.

Freunde? Freunde hatte ich keine. Konnte ich mir bei meiner Tätigkeit auch nicht leisten, zumal sie unweigerlich bemerken würden, dass ich nicht älter wurde. Selbst wenn ich sie einweihte und sie meinen Vertrag mit Luzia nicht als Affront gegen die gesamte Menschheit betrachteten, würden sie unweigerlich wegsterben.

Ich war im Grunde sehr, sehr einsam.

Natürlich hatte ich das schon immer gewusst. Aber ich hatte es mich nicht fühlen lassen, hatte mich mit flüchtigen, nicht von Luzia ausgewählten Liebschaften, mit Geschichten und neuerdings, dank sei Turing, mit dem Internet abgelenkt.

Und nur, weil meine neueste Zielperson lieber mit einem echten Menschen statt mit mir Zeit verbrachte, stürzte das Kartenhaus meiner Selbsttäuschungen in sich zusammen.

Auf einmal fühlte ich mich wie ein Meteoroid, der abseits jeglicher Sonnensysteme durch die absolute Kälte des Weltraums glitt, ohne Ziel, ohne Grund, bestenfalls in der Hoffnung, beim Eintritt in die Atmosphäre eines Planeten zu verglühen und den Lebewesen am Boden dieses Planeten einen flüchtigen schönen Anblick zu bieten.

Fünf Sekunden Funkeln, die einer Existenz Sinn verliehen. Doch nicht einmal diese Aussicht hatte ich, oder? Wuselte in Luzias Auftrag herum und hielt mich damit vom Nachdenken ab.

Scheiße.

Mein Herz saß schwer wie ein Klumpen Gestein in meiner Brust.

Die Ausweglosigkeit erdrückte mich wie eine unmögliche Beschleunigung und zerrte gleichzeitig kalt wie das Vakuum an meiner Haut, als existierte ich nur, wenn ein fremdes Atom Reibung erzeugte.

Ich wollte umarmt werden. Ich wollte Benedikt anrufen und ihn atmen hören, das hätte schon gereicht, als Zeichen, dass irgendein warmblütiges Lebewesen existierte, das meinen Namen kannte.

Ich hätte mich anno 1629 verbrennen lassen sollen.

Samstag, 20. Mai

Leichter Nebel, 16 Grad

Sanja:
Ich weiß, es ist spät, aber ich habe Ergebnisse.

Benedikt:
Sprich.

Sanja:
Du hast sehr sicher eine Inkubus-Plage. Höchstwahrscheinlich versucht die Hölle, dich wegen deines Jobs bestechlich zu machen.

Benedikt:
o.O ????

Sanja:
Eine Macht, die möglichst viel Chaos im Universum verursachen möchte, sieht in dir einen potentiellen Agenten und hat einen ihrer Handlanger auf dich angesetzt. Gute Nachricht: Den werden wir wieder los.

Benedikt:
Das meinst du ernst.

Sanja:
Todernst.

Benedikt:

...

Ich weiß nicht.

Sanja:

Aber du weißt sicher, dass dein
Traumgänger und dein Date die selbe
Person sind, oder?

Benedikt:

Schon. Ich ruf dich an, das muss ich
hören, sonst glaub ich es nicht.

———————

Irgendwann raffte ich mich so weit auf, dass ich
mir eine Geschichte suchte und las, bis Bene endlich schlafen ging. Wir landeten in seinem Bett,
wo er mich umschlang und festhielt.

Was hätte ich nicht gegeben, um tatsächlich
dort zu sein.

Es war unechter Trost. Wie die berühmte Ka-
rotte, die an einer Schnur immer genau außerhalb
meiner Reichweite baumelte.

Weil ich das nicht ertrug, ließ ich Bene den
Rest der Nacht in Ruhe, schrubbte aus lauter Ver-
zweiflung Herd und Backofen, bis ich völlig er-
schöpft bei Morgengrauen ins Bett fiel und tatsächlich etwa drei Stunden sehr unruhigen Schlaf
fand.

———————

Benedikt:
Alles okay bei dir?

Andreas:

...

Schon.

...

:)

Wieso fragst du?

Benedikt:
Keine Ahnung. Nenn es ein
Bauchgefühl.

Andreas:

Lieb, aber nicht nötig. ^^

Kannst dich ja heute Abend
eigenhändig davon überzeugen. ;)

Benedikt:
Das werde ich.

Andreas:

— — — — —

Benedikt:
Kann das sein, dass dieser Inkubus
riecht, wenn wir ihm auf den Fersen
sind?

Sanja:
Nicht, dass ich wüsste. Wieso?

Benedikt:
Heute Nacht hatte ich nur einmal
Besuch.

Sanja:
Hm. Keine Ahnung, aber im Grunde
egal.
Wir sehen uns nachher, du holst das
neue Amulett ab, und dann bleibst du
heute Abend schön weit weg von
eurem Treffpunkt. Geh mit Jonah ins
Kino oder so, Superheldenfilme für
euren Geschmack laufen ja genug.

Benedikt:
Aye, aye, Ma'am.

— — — — —

Ich hatte mich tagsüber mit Kaffee wachgehalten
und meinen Kleiderschrank einmal auf den Kopf
gestellt. Es gab da ein violettes Hemd, das meine
blauen Augen hervorragend zur Geltung brachte,
aber nur, wenn sie nicht von dunklen Ringen um-
geben waren.
Also half ich mit Camouflage-Makeup nach.

Trotz des Aufwands war ich zu früh am Treffpunkt und zitterte wegen der Koffeinüberdosis fast aus meiner Haut, während ich wartete.

Und dann war er nicht in der Straßenbahn, die ich an seiner Stelle genommen hätte, um nicht zu verzweifelt sehnsüchtig zu wirken.

Aargh. Ich holte mein Telefon aus der Tasche. Keine Nachrichten. Sollte ich ihm schreiben? Aber es war jetzt exakt sechs Uhr. Wegen ein paar Minuten beim zweiten Date einen Aufstand machen? Wie war da heutzutage die Etikette?

Die nächste Straßenbahn spuckte Leute aus.

Ich tigerte auf dem Bahnsteig hin und her, meine Finger um mein Handy geklammert.

Wieder ein gelbes Monster, das zischend zum Stehen kam. Die Türen schwangen auf, und da war er, eine blendend gekleidete Erscheinung in Anzug, passendem Hut und grünem Hemd.

Meinen derangierten Zustand musste er mir trotz der Sorgfalt anmerken, denn er runzelte die Stirn und nahm mich in den Arm.

Ich seufzte, vergrub mein Gesicht in der glatten Baumwolle des Hemdes und lehnte mich gegen ihn.

Er küsste mich auf den Scheitel. »Von wegen dir geht's gut, hm?«, murmelte er.

Ich ließ mich davon nicht stören und atmete Weichspüler, ein dezentes Aftershave mit Zitrusnote und den Duft nach frisch gewaschenem Benedikt, den er verströmte.

»Wir sollten erst ein bisschen spazieren gehen«, meinte er viel zu früh und machte sich los.

Das klang ominös. Wollte er Schluss machen, bevor es überhaupt angefangen hatte? Meine Eingeweide ballten sich zu einem Knoten aus Unwohlsein, als ich das Schlimmste befürchtete.

Wie in dem Traum mit der Gefängniszelle hakte er sich bei mir unter und zog mich im Sturmschritt zum Schlossplatz.

Bis in den weniger bevölkerten Park hastete ich neben ihm her und beobachtete nebenbei, wie seine Kiefermuskeln sich immer weiter anspannten.

Endlich seufzte er und schraubte das Tempo auf ein erträgliches Maß herunter. Mit seiner freien Hand fummelte er an etwas unter seinem Kragen.

»Geht's dir gut?«, fragte ich, obwohl die Antwort vorhersehbar war, bei dem Mangel an REM-Schlaf, den ich verursacht hatte.

»So lala«, meinte er. »Stell dir vor, du triffst einen Traumtypen, der dich trotz deiner Besonderheiten nicht beim ersten Date fallen lässt wie eine heiße Kartoffel, und dann stellt sich raus, dass er sich nur wegen deines Jobs an dich rangemacht hat.«

Ich blieb stehen. Irgendwer hatte meinem Magen den Boden unter den Füßen weggezogen, und nun befand er sich in freiem Fall. Das Blut aus meinem Kopf hatte er gleich mitgenommen, mir war schwindelig. Bene hatte einen Verdacht? Aber … »Was soll das nun heißen?«

Er drehte sich zu mir um und plusterte sich auf, funkelte mich an, als wäre High Noon und er wollte mich davon überzeugen, ein Duell abzusagen. »Du bist ein Inkubus.«

Mir klappte die Kinnlade herunter. Wie hatte er das herausgefunden?

Mit gehobener Hand hinderte er mich daran, alles abzustreiten. »Keine Widerrede. Ich hab's selbst erst nicht geglaubt, aber alles andere ergibt noch weniger Sinn.«

Was sollte ich darauf schon entgegnen?

In meiner langen Karriere war er der fünfte, der bemerkte, in welches Spiel er geraten war. Aber ausgerechnet er.

Morgen würde ich es Luzia beichten müssen, und dann … sie würde mindestens jemand anders auf ihn ansetzen und mir verbieten, ihn wiederzusehen. In meinem Hals hing plötzlich ein Knoten und hinter meinen Augen breitete sich ebenfalls ein Druck aus. Ich schluckte, rieb mir die Nasenwurzel, aber davon wurde es nicht besser.

Bene verschränkte die Arme und tippte mit einem Finger gegen seinen Ellenbogen. »Keine Verteidigungsrede?«

Ich schüttelte den Kopf, traute meiner Stimme sowieso gerade nicht über den Weg.

Irgendwann ließ er die Schultern hängen, knetete seine Hände. »Sag was.« Er klang jung, unsicher.

Was hatte ich nur getan? Ich griff nach seinen Händen, hielt sie still. Sie waren schön warm, die Nägel kurz und gut gepflegt. Unmöglich konnte ich ihm ins Gesicht sehen. Unmöglich konnte ich ihn loslassen.

»Ich ...« Das klang zu sehr nach Frosch im Hals, zu sehr nach weinerlichem Kind, deswegen räusperte ich mich. »Es tut mir leid.« Um Zeit zu schinden, hob ich seine Hände an und küsste die rechte. »Es ist besser, wenn ich jetzt gehe.« Ganz langsam ließ ich unsere Hände sinken, wagte noch einen Blick auf die absolute Zerstörung, die ich herbeigeführt hatte, diese weiten Augen und den Mund, der gleich zu einer Rede wider die Realität ansetzen würde, diese Mischung aus Unglauben, Trotz und Wut, dass es ausgerechnet er war, den die Hölle hatte ausnutzen wollen.

Bevor ich meinen Griff lösen konnte, wurden seine Finger zu Schraubzwingen. »Warte.«

Was sollte das nun heißen? Ich holte Luft und schaute ihn an.

»So einfach kommst du mir nicht davon.«

Wie bitte?

»Zwei Sätze und ein Handkuss? Nach allem?«

Allem, ha. »Du meinst ein Date und ein paar Träume?«

»Du willst mir erzählen, dass dir das alles«, er befreite seine linke Hand und machte eine umfassende Geste, »nichts bedeutet?«

Ich hätte eine Gemeinheit von mir geben sollen, dass einen wie ihn sowieso niemand wollte, aber ich konnte mich dazu nicht überwinden. Genauso wenig konnte ich mich überwinden, seine rechte Hand loszulassen, geschweige denn, endlich abzuhauen.

Schließlich schaute er dahin, wohin ich schaute, und sein Blick brannte ein Loch in meinen Handrücken.

Obwohl ich schon zu viel verraten hatte, schüttelte ich mich los. »Es ist völlig egal, ob du mir etwas bedeutest.«

Er presste die Lippen zusammen.

»Wir können uns nicht wiedersehen, verstehst du?« Immer noch nicht gut genug. Bei allen erfundenen Göttern, ich wusste doch, wie viel Überwindung es kostete, eine nicht akzeptable sexuelle Orientierung zu offenbaren. Er verdiente es nicht zu glauben, dass diese Trennung damit zu tun hatte. »Ich würde gern herausfinden, ob das mit uns etwas wäre, aber …« Jetzt war es an mir, hilflos zu gestikulieren. »Du verdienst nicht, Mitwisser sein zu müssen.«

»Und – wenn dir jemand helfen könnte? Sanja …«

Wer war Sanja? Ich legte den Kopf schräg.

»Ich kenne eine Hexe.« Er lächelte dünn und

schüttelte den Kopf, als wüsste er selbst, wie hanebüchen sich das in dieser modernen Welt anhörte. »Sie hat mich auf deine Spur gebracht. Bestimmt findet sie einen Weg, dich zu erlösen.«

Oh, wenn es so einfach gewesen wäre. Ein nettes Ritual, einmal mit den Fingern schnippen oder entschieden nicken wie die Bezaubernde Jeannie? Von wegen. »Magie kann mich bestimmt nicht erlösen.«

Am Anfang, nachdem ich endlich begriffen hatte, worauf ich mich eingelassen hatte, da hatte ich in jeder frauenliebenden Frau meine Rettung vermutet, aber deren Freundschaft reichte nicht aus, um den Vertrag unwirksam zu machen. Liebe ohne Begehren. Ha! Zumal meine eigenen Gefühle dabei nicht ganz unwichtig waren. »Vergiss mich am besten.«

Jetzt drehte ich mich um und ging los, und diesmal hinderte er mich nicht daran.

Trotzdem. Ich kam bis zur nächsten Parkbank außerhalb seiner Sichtweite, brach darauf zusammen, verbarg mein Gesicht vor der Welt und weinte wie ein alleingelassenes Kind, nur mit weniger Geräuschen.

Der beste Mann von allen und ich musste ihn stehen lassen.

Schritte näherten sich, Blicke kribbelten auf meiner Haut. Jemand seufzte.

Bene?

Bis ich aufsah, war er weitergegangen.

Ich schaute ihm nach, wie er dahinschlurfte, mit eingezogenen Schultern und den Händen tief in den Hosentaschen. Ich wollte ihm nachlaufen und ihn trösten. Meine Nase in seinem teuren Hemd vergraben und ihn einatmen. Wissen, wie er mit ungeputzten Zähnen schmeckte.

Das. Teufel, Pest und Cholera. An einer Beichte bei Luzia kam ich nicht vorbei, aber wenn ich es geschickt drehte, konnte ich ihn auch in Zukunft treffen, ohne dass sie davon wusste.

— — — — —

Sanja:
Bene?

Sanja:
Du bist nicht mit Jonah im Kino.
Also warst du bei dem Date.

Sanja:
Wenn du dich nicht in der nächsten halben Stunde meldest, ruf ich die Polizei.

                                            Benedikt:
                                        Ich lebe noch.

Sanja:
Dank den höheren Mächten. Ich hab
mir richtig Sorgen gemacht.
Was ist passiert?

                                            Benedikt:
                                                 ...
                            Ich bin mir nicht ganz sicher.

Sanja:
Ich ruf dich an.

— — — — —

Nora:
Bei dir ist die ganze Zeit besetzt, ich
gehe davon aus, dass dein Date ein
Reinfall war 🐱 und du nicht mir dein
Herz ausschüttest.
Wenn deine große Schwester
irgendwem den A... aufreißen soll, sag
Bescheid. Ich hab ausreichend
Skalpelle da.

— — — — —

Ein Versuch, Bene im Traum zu erreichen, schei-
terte an meinem Willen, mich an der Magie eines

Amuletts vorbeizuquetschen, das diese Sanja ihm offenbar gegeben hatte. Ich hätte es gekonnt, aber wenn er nicht mit mir reden wollte … Zumal er, nach dem klebrigen Geschmack der äußeren Ränder seiner Traumlandschaft zu urteilen, ordentlich einen in der Krone hatte. Zu viel Alkohol vergällte den Schlaf und machte Träume ohnehin nutzlos – nicht umsonst wachten betrunkene Menschen ziemlich genau jede neunzig Minuten auf.

Ich würde sehen, welche Ergebnisse das Gespräch mit Luzia morgen brachte, und derweil dieser Hexe hinterherspionieren.

Diverse Sackgassen bei Google und eine Anmeldung in einem einschlägigen Forum später hatte ich die *Karlsruher Räucherfee* endlich gefunden. Sanja hatte unvorsichtigerweise ein Bild auf die Webseite gestellt, auf der sie ihre handgemachten Kräutermischungen anpries und wider die Heteronormativität in heidnischen Kreisen bloggte: Es war die Person in den Wallekleidern mit dem hennaroten Rattennest auf dem Kopf.

Eine asexuelle Hexe, die erotisierende Räucherungen für Mondrituale verkaufte? Heutzutage gab es wirklich alles.

Nachdem ich erfolglos versuchte, in den Schlaf zu finden, versumpfte ich in den Untiefen des heidnischen Internets. Das konnte ich immer noch als Recherche verkaufen.

Sonntag, 21. Mai

Heiter, 18 bis 21 Grad

Schon, als ich Ulrich vor Luzias Büro traf, griente er mich an. Offensichtlich bemerkte er, dass ich meinem Teint mit Farbe nachgeholfen hatte.

»Ei, ei, ei. Deine Mimose hat dich mit ihren Empfindlichkeiten angesteckt, wie? Muss man euch jetzt beide mal richtig durchvögeln?«

Das hätte er wohl gern. Ich zog die Nase hoch, riss die Tür auf und stolzierte an ihm vorbei.

Damit hatte ich mich allerdings in den Sessel manövriert, der weiter weg vom einzigen verfügbaren Fluchtweg war. Mist.

Ulrich zeigte mir die Zähne in einem triumphierenden Grinsen.

Glücklicherweise erschien Luzia keine zwei Sekunden später in ihrem üblichen Schwefeldunst. Sie nippte an ihrer Mokkatasse, schaute erst Ulrich und dann mir sehr lange in die Augen, als wollte sie den Einsatz beim Poker berechnen.

»Einzelgespräche heute. Andreas, du wartest draußen.«

Das kam auch nur einmal im Jahrzehnt vor. Grundsätzlich hätte ich nichts dagegen gehabt, Ulrich überhaupt nicht mehr sehen zu müssen, aber heute? Das versprach Ärger.

Es dauerte eine Ewigkeit von zehn Minuten, die ich mir mit einem hirnlosen Spiel auf dem

Handy vertrieb, bis Ulrich aus dem Büro trat und einen formvollendeten Diener machte, um mich hineinzubitten.

»Ihro Mimose bekommen einen Sondertermin, damit Ihro Mimose mich nicht länger als nötig ertragen müssen.«

Ich widerstand dem Drang, ihm einen Mittelfinger zu zeigen – nicht, dass er das als Einladung auffasste. Stattdessen rempelte ich ihn von der Klinke weg und zog die Tür schwungvoll hinter mir zu.

Das komplette Gebäude schien zu wackeln. Luzia nippte an ihrem Mokka und war offensichtlich nicht beeindruckt von den Kindereien. Der Blick aus ihren schwarzen Augen sagte mir, dass ich besser gleich anfangen sollte zu reden.

Seufzend ließ ich mich in den Sessel fallen, den Ulrich bevorzugte. Wenn sie pokern wollte, musste ich bluffen, was das Zeug hielt, denn mein Ace würde ich freiwillig nicht hergeben.

»Er hat mich enttarnt.«

Sie hob die Brauen. »Weil du ihn letzten Samstag getroffen hast.«

Ich zuckte mit den Schultern. »Er ist ziemlich clever. Wenn du die entsprechenden Symptome suchst und für die Lösung aufgeschlossen bist, kommst du schon zu einem entsprechenden Ergebnis.«

»Er ist aus der Kirche ausgetreten«, sagte sie.

»Heiden treten auch aus der Kirche aus.«

Sie legte den Kopf schräg. Ähnlich musste sich wohl eine Maus fühlen, die von einer Eule gemustert wurde.

»Soweit ich beurteilen kann, ist er ein aufgeschlossener Agnostiker. Hat er mir selbst gesagt.« Ich hob die Hände. »Glaubst du, er hat mir verraten, woher er die Informationen hat? Der war viel zu wütend auf mich.«

»Hm-hm.« Noch ein Schluck aus der bodenlosen Mokkatasse. »Enttarnt, ja?«

Verflucht. Dabei hätte ich geschworen, dass ich »wiedererkannt« gesagt hatte. Doch ich hatte mich gleich am Anfang verplappert, und sie hatte mich voll ins Messer laufen lassen. Den Stoß spürte ich so schmerzhaft, dass ich mich zusammenkrümmte.

Sie schnalzte mit der Zunge. »Hast du geglaubt, dass er dich retten kann?« Ein Kopfschütteln. »Dass er dich lieben kann, obwohl er weiß, wer du bist? Warst du deswegen unvorsichtig?«

Ich – daran hatte ich überhaupt nicht gedacht.

Dazu bedeutete er mir zu viel.

»Du kennst das Standardvorgehen bei Enttarnungen.« Sie streckte mir ihre Hand entgegen.

Das Messer bohrte sich tiefer in meine Eingeweide. Ich konnte nicht mehr atmen.

»Handy«, befahl sie, mit dem gleichen ungeduldigen Befehlston wie eine Chirurgin, die eine Klammer für ein unerwartet stark blutendes

Gefäß benötigte. Was ja irgendwie stimmte, auch wenn ich der Patient war.

Fast vierhundert Jahre Gewöhnung führten dazu, dass ich wie ein Roboter reagierte und ihr das Gerät aushändigte, bevor ich darüber nachdenken konnte. Sie tippte darauf herum, spitzte die Lippen in Missbilligung. Anscheinend hatte sie die Konversation mit Bene gefunden, Küsschen und Kuchenstücke eingeschlossen. Zwei, drei Wischer später nickte sie zufrieden. Jetzt hatte sie mit Sicherheit ein höllisch infiziertes Video verschickt. Sobald Bene es ansah und dann die Anwendung schloss, würden meine Kontaktdaten auf seinem Telefon verschwinden, und seine auf meinem.

Und wer verzichtete schon auf einen niedlichen Film, den ihm jemand mit einem Küsschen zukommen ließ?

»Du weißt, was du zu tun hast?«

Ihre Worte drangen wie durch Watte zu mir, trotzdem nickte ich. Das war jetzt alles nicht wahr, oder?

»Morgen früh hole ich mir den Bericht.« Sprach's und verschwand in der üblichen Schwefelwolke.

Ich zog die Beine an und lehnte die Stirn gegen meine Knie. Wenn ich mich klein genug zusammenkringelte, würde die Realität mich vielleicht vergessen.

Gehen Sie weiter, hier gibt's nichts zu sehen.

Alles besser, als über das Standardvorgehen nachzudenken. Zuerst wurden die Kontaktmöglichkeiten eingeschränkt. Danach löschte der höllische Agent ebenso selektiv wie präzise alle Erinnerungen der Zielperson an ihn, damit die nichts über die Existenz der Hölle ausplauderte. Zuletzt komplettes Kontaktverbot.

Das war nicht gerecht. Ich hatte Bene gerade erst gefunden, ich wusste immer noch nicht, wie er schmeckte, ich –

Vor knapp hundert Jahren hatte Ulrich einmal darüber philosophiert, dass ein Gedächtnisverlust gnädiger war, vor allem, wenn man die Zielperson mochte. Wer verdiente es schon, einem Inkubus ausgesetzt zu sein?

Bene jedenfalls nicht. Er verdiente, einen Mann zu treffen, mit dem er in Ruhe keinen Sex haben und gemeinsam alt werden konnte. Keine so verkorkste Existenz wie mich. Selbst, wenn seine Zuneigung stark genug war, um mich von dem Vertrag zu erlösen – was sollte er dann mit ausgerechnet mir anfangen? Ein Dauerstudent mit Übersetzungen als Hobby, der sich, sollte er das Hobby zum Hauptberuf machen, weder die schicke Altbauwohnung noch regelmäßige Einladungen in gehobene Speisegaststätten leisten konnte.

Abgesehen davon – wenn ich meine Dosis Sex nicht regelmäßig bekam, wer wusste schon, wie ich das auf lange Sicht bewältigen würde?

Ich jedenfalls nicht.

Ich seufzte und rieb mir die Stirn. Ich würde jetzt trotz des angenehmen Wetters heimgehen und vorschlafen, und heute Nacht würde ich mich an dem Amulett vorbeizwängen und diese sowieso zum Scheitern verurteilte Liaison beenden.

Natürlich schlief ich nicht. Als ich zu lesen versuchte, starrte ich stattdessen an die Wand mit dem Druck eines antiken griechischen Gefäßes, auf dem es eindeutig zur Sache ging.

Würde Bene so etwas witzig finden oder sich daran stören? Womit würden wir die Wände einer gemeinsamen Wohnung dekorieren?

Wieso dachte ich überhaupt darüber nach?

Gemeinsame Wohnung, was für ein Unsinn. Andererseits, wenn ich kaum eigenes Einkommen hätte, wäre ein zukünftiger Jura-Professor doch nicht ganz verkehrt …

Aargh.

Aber selbst von dem Porno, den ich mir zur Zeitüberbrückung suchte, schweiften meine Gedanken ab. Während da ein muskelbepackter Traumtyp dem anderen in Nahaufnahme einen blies, überlegte ich, ob Bene wohl eine offene Beziehung akzeptieren könnte.

Es wurde Zeit, die Sache zu beenden. Ab morgen würde ich einige Tage daheimbleiben und mich mit viel Schokoladeneis und einem Star-Trek-Marathon über den Trennungsschmerz hinwegtrösten. Einfach.

Mit dem Schokoladeneis hätte ich gleich zusätzliche Energie tanken sollen, denn das Amulett erwies sich als ausgesprochen zauberkräftig. Die Magie umhüllte Benes Traumschlaf wie ein feines, aber strapazierfähiges Gewebe. Und wie Seide konnte man es nur zerreißen, wenn man eine Schwachstelle fand oder lang genug mit den feinstofflichen Fingernägeln dran kratzte. Nun standen mir zwar im Traum übernatürlich scharfe Krallen zur Verfügung, wenn ich mich richtig verausgabte, aber einfacher war es, die Sollbruchstelle zu finden.

Wenn ich also darauf spekulierte, dass ihn die Trennung noch beschäftigte, dann musste ich nur an dem Ort warten, den er erschaffen würde. Ich würde ihn nicht aufsuchen, sondern warten müssen, bis er freiwillig vorbeikam.

Fragte sich nur, wo. Haltestelle oder Park? Nach einigem Überlegen tippte ich auf Ersteres – Haltestellen schienen ein wiederkehrendes Thema unserer Treffen zu sein.

Somit tastete ich mich an dem Dunst entlang, den das Amulett verursachte, erreichte irgendwann nebelverhangene Straßenzüge, die langsam Gestalt annahmen, bis sich schließlich die Haltestelle am Mühlburger Tor aus dem Schleier schälte.

Diesmal würde ich ihn erfolgreich im Park stehen lassen und seine Erinnerungen an mich mitnehmen.

Ganz einfach. Hatte ich so ähnlich schon öfter erledigt.

Falls er auftauchte. Wollte ich, dass er auftauchte?

Es dauerte. Gefühlte zwanzig Züge rumpelten an mir vorbei, bis Bene ausstieg. Mein Herz konnte sich nicht zwischen Triumph über den richtigen Riecher und schlechten Ahnungen entscheiden, daher stolperte es erst mal.

Obwohl wir einmal im Traum und einmal im echten Leben eben diese Situation durchgespielt hatten, gab es keine Umarmung, sondern Bene musterte mich, die Hände betont tief in den Hosentaschen vergraben, als ahnte er, dass ich etwas im Schilde führte.

Das Meteoroiden-Gefühl holte mich ein, die Einsamkeit des Vakuums zwischen den Sternen zerrte an mir. Ich wollte, brauchte meine verfluchte Umarmung. Also holte ich sie mir. Trat auf ihn zu und umklammerte ihn

Um uns herum verschwamm der Hintergrund zu grauem Nebel. Der Zauber auf dem Amulett hatte das Schlupfloch registriert und versuchte, es zu schließen.

Erst war Bene steif wie ein Brett, dann umschlang er mich und seufzte.

»Du hast deine Nummer von meinem Telefon entfernt«, sagte er. »Außerdem hat es mir ein paar Texte mit Sanja zerschossen. Warum?«

Er hatte es bemerkt. Wie schön. Ich lächelte und drängte mich noch dichter an ihn. Kein Vergleich zum Original, aber besser als nichts.

»Erst darf ich dich nicht anrufen und jetzt das hier. Du weißt auch nicht, was du willst, oder?«

Oh, da lag er völlig daneben. Ich wollte von ihm umarmt werden, ihn riechen, schmecken und über Science Fiction mit ihm streiten. Ich wollte genau ihn und keinen anderen in meiner Nähe wissen. Ich –

Teufel, Pest und Cholera. Ich war der Junkie hier. Komplett auf Dopamin oder irgendeinem anderen Hormon.

Unter keinen Umständen würde ich es ertragen, dass er über mich hinwegsah wie über einen beliebigen anderen Passanten. Lieber sollte er mich hassen, als dass er mich nicht beachtete.

Die Gedächtnislücke musste ausbleiben. Wenn ich ihm erklärte, was geschehen war, würde er sich nach dem Aufwachen daran erinnern?

Aber ich zauderte zu lange. Das Amulett gewann die Oberhand, die Traumlandschaft um uns zerfaserte und nahm ihn mit.

Noch einmal würde ich es in dieser Nacht nicht schaffen, die Barriere auszutricksen. Und morgens würde Luzia hier auf der Matte stehen. Früh, wie angedroht.

Also musste ich ihn auf dem Weg zur Arbeit abpassen und warnen – nein, das ging nicht.

Wenn Luzia mich nicht antraf, würde sie mir für die nächsten Jahre meine Fähigkeiten stehlen und mich in den Innendienst versetzen.

Montag, 22. Mai

Morgens Gewitter, ab mittags heiter,
21 bis 24 Grad

Irgendwann musste ich eingeschlafen sein, denn Luzia klingelte mich um Punkt sieben Uhr aus dem Bett. Während ich mich in meinen Morgenmantel wickelte, schaute ich nach draußen. Über den Dächern der Südstadt dräute die nächste Gewitterwolke, wie passend. Das diesjährige Wetter hatte immer noch nicht begriffen, dass es vor Gewittern gefälligst heiß und schwül zu sein hatte anstatt so mittelwarm.

Zunächst warf ich einen Blick durch den Spion und fand Luzia ohne Mokkatasse, aber mit ungewohnt verkniffener Miene und verschränkten Armen im Hausflur stehen.

Sie würde mich so oder so in den Innendienst versetzen. Bestimmt. Es sei denn, ich bluffte wieder, aber diesmal erfolgreich. Also atmete ich tief durch und setzte eine professionelle Miene für den Bericht auf. Es gab nicht den geringsten Grund, an meiner Loyalität und Ehrlichkeit zu zweifeln. Ich öffnete die Tür so weit, dass sie samt ihrer Schwefelwolke eintreten konnte, wenn sie wollte.

»Guten Morgen«, sagte ich.

Statt hereinzukommen oder zu antworten, musterte sie mich. Lange. Schien meine Gedanken lesen zu wollen. Dann sah sie mir in die Augen. Zu lange. Zuerst rumorten meine Eingeweide, als wollten sie weg von ihr kriechen, danach begannen meine Muskeln mit einem unterdrückten Fluchtreflex zu zittern.

»Offensichtlich muss ich jemand anderen mit der Aufgabe betrauen«, sagte sie.

Hatte ich zu lange oder zu kurz durchgehalten? Wer wusste das schon. Widerspruch war sinnlos, aber … »Ich brauche eben ein bisschen Zeit, um das Schutzamulett erfolgreich zu umgehen.«

Sie hob eine dunkle Braue. »Die Gründe sind vorerst gleichgültig. Ich werde Unten über geeignete Maßnahmen beraten. Morgen erwarte ich dich im Büro. Zehn Uhr morgens.«

Beinahe hätte ich mich verbeugt. Wie in den schlechten alten Zeiten. »Jawohl, die Dame«, sagte ich.

Ihre Oberlippe zuckte vor Verachtung, sie verschwand und hinterließ den üblichen Gestank nach faulen Eiern.

Irgendwoher nahm ich Kraft, schloss die Tür und stolperte zu meinem Sitzsack. Ließ mich fallen. Wünschte, ich könnte mit jener Überzeugung beten, die ich in meiner Jugend gekannt hatte.

Doch mein Vertrauen in höhere Mächte war schon lange erschüttert. Weder Satan noch sein lichterer Gegenspieler waren allmächtig. Aber da sie sowieso nur zuhörten, wenn es ihnen in den Kram passte, konnte mir das auch egal sein.

Zuerst musste ich Bene warnen, damit diese Sanja ihm ein stärkeres Amulett schuf, und so lange musste er mir Zugang zu seinen Träumen gewähren, damit ich ihn verteidigen konnte. Im Idealfall durfte ich auch körperlich in seiner Nähe bleiben, dann wäre ich stärker.

Also anziehen und vor dem Gericht Bene auflauern. Mit ein bisschen Glück würde er zur Mittagspause auftauchen. Sobald ich ihm erklärte, wie ernst die Lage war, würde er mich hoffentlich als Leibwächter akzeptieren. Selbst, wenn er mich nicht mehr ausstehen konnte.

— — — — —

<u>Benedikt:</u>
ich brauche ein stärkeres amulett

<u>Sanja:</u>
Insofern ist es wohl Makulatur, dir
einen guten Morgen zu wünschen. Er
ist trotzdem aufgetaucht?

<u>Benedikt:</u>
um sich eine umarmung abzuholen.
als hätte er mich nicht abserviert. ich
werd nicht schlau aus ihm und ich
kann das nicht mehr.

<u>Sanja:</u>
Einmal heiß, einmal kalt, hm? Ich
muss erst frische Hollerzweige
schneiden – schneller als morgen
Abend kann ich nicht versprechen.

<u>Benedikt:</u>
Auf die eine Nacht kommt es wohl
auch nicht mehr an.

— — — — —

Um die zwar subtile, aber vorhandene Security
des Gerichts nicht auf den Plan zu rufen, wartete
ich lieber unsichtbar. Sehr bald verzogen sich die
Gewitterwolken, sodass die Beschattung keine besondere Strafe darstellte und ich Hoffnung
schöpfte.

Tatsächlich tauchte Bene um halb eins auf, hatte sein Sakko daheimgelassen und führte eine
schicke Weste aus. Allein, dass der Hut farblich
nicht passte, wies darauf hin, dass er sich nicht so
gut fühlte wie sonst.

Und es war meine Schuld.

Ich suchte mir eine ruhige Ecke, um mich zu
enttarnen, und joggte ihm hinterher.

Glücklicherweise musste ich nicht rufen, das
Platschen meiner Schritte in einer Pfütze hatte
gereicht; er drehte sich um und funkelte mich an.

»Was willst du?«

Ich zeigte ihm meine Handflächen, um ihn zu beschwichtigen. »Können wir reden? Du bist in Gefahr.«

Er schnaubte, schaute mir aber in die Augen und schien zu begreifen, dass ich es todernst meinte. »Gehen wir ein Stück.«

Da mussten wir uns nicht ansehen, gute Idee. Aus reiner Gewohnheit bot ich ihm meinen Arm an, und er hakte sich unter. Vielleicht ebenfalls aus reiner Gewohnheit.

Es tat gut, ihn zu spüren, nur zwei dünne Schichten Hemd zwischen uns.

»Also?«

»Die Unten haben herausgefunden, dass du mich enttarnt hast. Die gelöschte Nummer gehört zum Standardvorgehen.«

»Hmm.«

»Der nächste Schritt wäre, dein Gedächtnis von allen Erinnerungen an mich zu befreien.«

Erneut ein Brummen, diesmal klang es nachdenklicher. »Deswegen hast du mir heute Nacht einen Besuch abgestattet.«

Dieser Mann war viel zu klug für mich. Ich seufzte. »Ich hatte den Auftrag, ja.«

»Du hast es nicht getan …«, gab er mir ein Stichwort.

»Und nun wird es ein Kollege versuchen.«

Er schnaufte, als hätte er sich eine andere Antwort gewünscht.

Aber – wie sehr war ich Feigling?

»Willst du lieber ein Geständnis hören, statt dich um deine Sicherheit zu kümmern?«

Falscher Tonfall, oder? Bene blieb stehen und sah mir ins Gesicht, als suchte er etwas. Gleichzeitig schien er sehr traurig. »Vielleicht will ich beides?«

Auf einmal zerrten die Zeit und das Vergängliche alles Irdischen an mir, wie sie es seit fast vierhundert Jahren nicht mehr getan hatten. Auf einmal spürte ich, wie die Welt durch das All raste und sich drehte und jedes Lebewesen näher an seinen Tod führte. Das … Ich riss meine Augen auf.

Aber Bene sprach weiter, als hätte er es nicht bemerkt. »Vielleicht will ich zuerst wissen, ob dir genauso viel an mir –«

Nein. Ich hielt ihm den Mund zu. Das bedrohliche Gefühl verflog, als er die Brauen zusammenzog. Wenn ich ihn jetzt reden ließ, würde ich in einen Menschen zurückverwandelt, mit Seele, ohne übernatürliche Kräfte. Ich würde sein Gedächtnis nicht vor der Hölle retten können.

»Sag es nicht. Bitte. Ich kann dich nicht mehr beschützen, wenn du solche Dinge sagst.«

Er presste die Lippen aufeinander und schob sein Kinn vor, während er einen Schritt zurückwich. Kein Esel hätte so störrisch dreinschauen können. »Du willst mich beschützen, aber nicht darüber reden, wieso. Erklärst du mir wenigstens die Aktion hier gerade?«

Und schon wieder spürte ich die Zeit ablaufen. Unmöglich konnte ich in seiner Nähe bleiben; sobald er mir vergab, würde ich von meinem Vertrag erlöst werden. Ich schüttelte den Kopf, wirbelte herum und rannte davon.

Mit seiner Läuferkondition hätte er mich locker einholen können, doch er folgte mir nicht.

Auf einer sonnenbeschienenen Wiese brach ich zusammen. Verbarg mein Gesicht in den Händen. Wie hatte das alles so schieflaufen können?

Wieso konnte ich ihn nicht beschützen, ohne ihm wehzutun?

— — — — —

Benedikt:

ich hasse diesen typen

Sanja:
Ein sehr weiser Mann meinte einmal,
dass Hass und Liebe beides
Anziehungskräfte sind und
keineswegs Gegensätze.

Benedikt:
komm mir nicht mit Terry Pratchett,
selbst für den hab ich jetzt keine
Nerven

Sanja:
Ich sitz in der Vorlesung, ich ruf dich
heute Abend an.

Benedikt:
Das Amulett braucht laut diesem
Typen heute schon Verstärkung –
kann ich vorbeikommen?

Sanja:
Ja, klar.
Wenn's nicht so dramatisch wäre,
würde ich vor Hexenstolz überlaufen.
Bin ab 17 Uhr daheim. Wenn du dich
revanchieren willst, bringst du Pizza
mit.

Benedikt:
Aye, aye, Ma'am

——————

Obwohl ich keinen Appetit hatte, verschlang ich
eine größere Portion Vollkornreis mit Hähnchen-
brust, Sahnesoße und Salat, um Energie für die
Nacht zu tanken.

Am äußeren Rand von Benes Träumen umwaberte mich ein Schleier aus Lavendel und noch einem Duft, den ich nicht zuordnen konnte.

Ulrich trat neben mich, die Hände in den Hosentaschen vergraben, als sei dies ein Spaziergang und nicht die logische Schlussfolgerung einer Jahrzehnte alten Feindschaft.

»Zistrose für die Erinnerung und zur Enttarnung falscher Freunde«, behauptete er. »Außerdem schläft er auf mindestens einem Heilstein. Was für ein Zufall.«

Ich sagte nichts.

»Offenbar hat ihn jemand gewarnt.« Ein übertriebenes Schnalzen mit der Zunge. »Luzia wird dich für die nächsten Jahrhunderte in den Innendienst versetzen.«

Vielleicht. Solange ich vorher Bene vor dem Einfluss der Hölle rettete, nahm ich das gerne hin. Mit meiner Hoffnung auf eine Erlösung wäre es dann vorbei, aber egal – ich hatte das sowieso nicht verdient, nach allem, was ich diesem Mann angetan hatte.

»Wie bedauerlich, dass dieser ganze Hokuspokus nichts nützt«, sülzte Ulrich weiter. Er griff mit beiden Händen in den Schleier und zerrte daran. Keine Spur von meiner Finesse.

Das Gespinst wehrte sich, Ulrichs Nackenmuskeln traten hervor. Schwarze Haare entsprossen seinen Händen, während ihm dämonenhafte Krallen wuchsen. Diese bohrte er in den Zauber.

Erst, als der Schleier ein Loch hatte und mit einem sirrenden Geräusch riss, fiel mir auf, dass ich meinen Gegner hier erstklassig hätte aufhalten können. Ulrich schien ähnlich zu denken, er winkte und stieg hindurch.

Einen Augenblick beobachtete ich, wie sich die Öffnung langsam schloss, dann sprang ich ihm hinterher.

In einem altertümlichen Aufzug samt Degen an der Seite saß er neben Benedikt auf einer schmiedeeisernen Parkbank und hielt dessen Hand. In Träumen tickte die Zeit anders. Ich sog scharf die Luft ein. Hatte er die Prozedur schon begonnen?

Bene sah auf, als er mich bemerkte, und runzelte die Stirn.

Noch nicht zu spät, Lob allen größeren Mächten.

»Ich hätte es ahnen sollen«, meinte er. »Raus aus meinem Traum. Beide.«

Ulrich seufzte. »Nirgends hat man seine Ruhe.« Er stand auf, legte die Hand an das Heft seiner Waffe. »Ein Duell um die Hand dieses reizenden Jünglings?«

Bene verdrehte die Augen.

»Los«, sagte Ulrich. »En garde, Kollege.«

Er näherte sich mir auf etwa sechs Schritte und zog seinen Degen. Sein Haaransatz war dunkel von Schweiß, denn offenbar hatte der Kampf gegen das Amulett einen Tribut gefordert.

Ich hatte auch einen Degen – aber keine Ahnung, was ich damit anfangen sollte. Im Gegensatz zu Ulrich, der als Sohn eines Kreuzritters mit

Stich- und Hiebwaffen in den Händen aufge-
wachsen war. Ein Duell mit antiquierten Pistolen
wäre eher mein Fall gewesen. Leider war es nicht
mein Traum, weshalb das Ding in meiner Hand
sich gegen eine Verwandlung sträubte.

Mir sämtliche Schaukämpfe aus dem TV in Erinnerung rufend, zog ich ebenfalls. Das Teil war
schwerer, als es aussah. Ich hatte zu tun, nur damit die Spitze nicht dem Boden entgegen sank.
Unfair, dass ich mehr Schwierigkeiten hatte als
mein eigentlich erschöpfter Gegner.

Auf Ulrichs Gesicht breitete sich ein hässliches
Grinsen aus. Innerhalb eines Augenblicks war er
heran, hieb auf mich ein, dass ich kaum parieren
konnte. Als ich zurückweichen wollte, stolperte
ich über meine eigenen Füße. Dann hakte sich das
Heft seines Degens um meine Schwerthand, auf
einmal stand er hinter mir, eine Klinge an meiner
Kehle. Kühler Stahl schabte über meinen Bart-
schatten, als ich schluckte. Ulrichs Atem ging
stoßweise und puffte heiß in mein Ohr. Also hatte
es ihn wohl so stark gefordert, den Schleier zu
durchdringen, wie ich vermutet hatte.

Bene war angesichts meiner Niederlage aufge-
sprungen und näherte sich, die Hände erhoben
wie ein Revolverheld, der beweisen wollte, dass
er unbewaffnet war.

»Bitte«, sagte er. »Das muss doch nicht sein.«

Ulrich schniefte. »Und wie es sein muss. Dieser
hier hat gegen ausdrückliche Befehle verstoßen.

Und alles nur, weil du ihn umgarnt hast, ohne ihn ein Mal zu vögeln. Oder fährt er deswegen so auf dich ab? Weil du ihn nicht als eine Ansammlung von hübsch angeordneten Löchern betrachtest?«

Mit der Vermutung lag er nicht komplett falsch – bislang hatte ich mich für jede Zielperson außer Bene verbogen, um deren Wünsche exakt zu befriedigen.

Aber ich sollte lieber überlegen, wie ich mich aus der Bredouille befreite. Ulrich konnte mir zwar keinen körperlichen Schaden zufügen, aber er konnte dafür sorgen, dass ich den Traum verlassen musste, wenn er mit der Drohung ernst machte. Gegenwärtig hielt er allerdings Bene einen Vortrag, der jedes Klischee des asexuellen Bingos bediente. Er solle seine Hormone und seinen Kopf untersuchen lassen, aber wahrscheinlich wolle er sowieso nur auffallen.

Wenn ich freiwillig ging, statt mich entfernen zu lassen, würde das Ulrich Zeit geben, Bene das Gedächtnis zu löschen. Nein, es musste ein Weg her, Bene aufzuwecken und ihn wenigstens vorläufig aus den Klauen meines Kollegen zu befreien. Wenn ich richtig lag, besaß dieser nicht ausreichend Kräfte, um den Schleier ein zweites Mal diese Nacht zu überwinden.

Ein Versuch, mich in ein nacktes Kind zu verwandeln, schlug genauso fehl wie die Änderung der Waffen.

»Also«, raunzte Ulrich in mein Ohr, bevor ich mir etwas anderes ausdenken konnte. »Was mache ich nun mit dir Schlappschwanz?«

Blut rann warm meinen Hals herab, der Schmerz eines kleinen Schnitts folgte gleich darauf.

»Tu ihm nichts«, sagte Bene. Er streckte beschwörend die Hände aus.

»Nein?« Ich konnte Ulrichs Grinsen zwar nicht sehen, aber hören. »Und was kriege ich dafür, wenn ich ihn leben lasse?«

Ich öffnete den Mund. »Er kann –«

Ein scharfer Schmerz hielt mich davon ab, weiterzusprechen. Dabei hatte ich schon viel mehr ausgehalten. Und – heureka – mein Traumtod würde Bene gewiss aufwecken. Wie Ulrich provozieren, dass er mir in die Hände spielte?

»Es muss doch einen Vertrag geben, mit dem ich mich verpflichten kann, den Mund zu halten?«, fragte Bene, ganz Volljurist.

Prima Idee, mit dem Klein-Klein eines Vertrags auf Zeit zu spielen. Ich lächelte Bene zur Belohnung an.

»Vielleicht, vielleicht«, meinte Ulrich. »Aber warum? Liegt dir wirklich etwas an diesem miesen kleinen Wurm?«

Ein Herzschlag, zwei. Die Zeit verlangsamte sich. Ich begriff, dass Ulrich gewonnen hatte.

»Und wenn?«, fragte Bene.

Dienstag, 23. Mai

Morgens Gewitter, dann leicht bewölkt bis heiter,
23 bis 26 Grad

Ich erwachte auf meinem Sitzsack. Die Vergänglichkeit alles Irdischen lastete wie eine Schicht Wasser auf mir – als läge ich am Grund eines Swimmingpools namens Zeit.

Auftauchen ging nicht mehr.

Ächzend tastete ich nach meinem Telefon.

3 Uhr 12.

Benes Erinnerungen waren verloren.

Ich ließ mich nach hinten fallen, schaute zur Decke, die vom gelben Laternenlicht draußen widerschien.

Eine seltsame Ruhe breitete sich in mir aus, die Ruhe des absoluten Tiefpunkts, wie damals, als ich in der Zelle begriffen hatte, dass ich sterben würde und meinen Frieden mit dem Leben schließen musste. Ab jetzt konnte es nur noch bergauf gehen, ganz gleich, was ich unternahm. Was für eine angenehme Vorstellung.

Und was immer ich unternehmen würde, es hatte Zeit, bis Bene und diese Sanja wach waren. Also konnte ich jetzt schlafen.

Mein Telefon vibrierte, eine Nachricht poppte auf:

Sehr geehrter Andreas Caspar Wilhelm Göbel, geboren am 30. November 1601 zu Würzburg.

Ihr Vertrag mit uns ist am 22. Mai 2017 um 23:41 Uhr erloschen. Einige Vergünstigungen wurden bereits aufgehoben, die restlichen werden wir in den nächsten Wochen zurückfordern. Im Gegenzug haben Sie Ihre Seele zurückerhalten.

Versuche, Uneingeweihten von der Hölle zu erzählen, werden laut Vertrag mit dem permanenten Verlust Ihrer Stimme bestraft. Für Details konsultieren Sie bitte die Vertragskopie in Ihrem Besitz.

Wir wünschen Ihnen viel Unglück in Ihrem hoffentlich kurzen Restleben.

Gez. Luzia Morgenstern, Teufelin erster Klasse, Abteilungsleitung Deutschland, Westeuropa.

Ich zeigte der Nachricht einen Mittelfinger. Ihre schlechten Wünsche konnten die Unten sich in den Arsch schieben.

Das Telefon vibrierte wieder, die Nachricht verschwand. Als ich nach ihr suchte, musste ich feststellen, dass der gesamte Infernalische Messenger von dem Apparat gelöscht worden war. Jetzt musste ich richtige Apps installieren, wie der Rest der Menschheit auch, statt von der höllischen Abkürzung zu profitieren.

Aber das hatte bis morgen Zeit, denn wem hätte ich schreiben sollen außer meinem Bene?

Ich tapste ins Bad: Zähne putzen, umziehen, ins Bett fallen.

Draußen grollte die Luft von einem herannahenden Gewitter.

— — — — —

Sanja:
Und, hat's geholfen?

Benedikt:
???

Sanja:
...

...

Es hat nicht geholfen.

Benedikt:
Ich weiß immer noch nicht, wovon du
redest. Tut mir leid.

Sanja:
Also gut. Dann muss ich noch mal
nachdenken. Schönen Arbeitstag dir!

Benedikt:
Ebenfalls

— — — — —

Als ich gegen zehn Uhr aufwachte, herrschte draußen strahlender Sonnenschein bei einigen Schäfchenwolken.

Das Wetter wusste dieses Jahr auch nicht, was es wollte. Überhaupt. Im Mai sollte noch nicht richtig Sommer sein, aber das interessierte die Natur schon seit einer Weile nicht mehr.

Klimawandel eben.

Das Endresultat würde ich jetzt nicht mehr mitbekommen, aber dafür hatte ich einen Grund mehr, weiter Fahrrad statt Auto zu fahren.

Also Frühstück. Post einsammeln. Es wurde Zeit für einen »Keine Werbung«-Sticker, da diese überflüssigen Prospekte unglaublich viel Papier verschwendeten und ich auf einmal echtes Interesse an der Erhaltung der Wälder hatte.

Heute waren tatsächlich zwei richtige Briefe dabei, nicht nur der übliche Stapel aus Pizzaservice-Menüs und »Brauchen Sie einen Kredit?«-Anschreiben.

Der erste war von der Uni – sie warfen mich zum Ende des Semesters raus. Das war in Ordnung, da ich trotz einer Vorliebe für Science Fiction keinen Kopf für Physik hatte und keine Zeit für Fächer, die zwar hübsche Titel einbrachten, aber beim Geldverdienen nichts halfen.

Der zweite Brief war von meinem Vermieter, Kündigung wegen Eigenbedarfs, Sohn frisch geschieden, keine Ersatzwohnung, tut mir sehr leid, immer gutes Verhältnis, Frist ein halbes Jahr.

Wenigstens etwas. Darum konnte ich mich also nächste Woche kümmern. Lob dem deutschen Mieterschutz, denn auf diese Weise hielt sich der von der Hölle ausgelöste Stress diesbezüglich in Grenzen.

Trotzdem. Wohnungssuche bei mies bezahltem Freiberuf in Karlsruhe? Kein Spaß. Wahrscheinlich würde ich aufs Kaff müssen, wenn ich nicht in eine Bruchbude ziehen wollte.

Nun ja. Den restlichen Vormittag ordnete ich meine Geldangelegenheiten – wie viel Geld war noch auf dem Konto, was musste ich verdienen, um leben zu können, und wie funktionierte das mit der Rente?

Danach kaufte ich im nächsten großen Supermarkt ein. Während ich an einem belegten Brötchen von dessen Bäcker kaute, testete ich meine Sprachkenntnisse, indem ich andere Kunden belauschte. Russisch ging, Türkisch und Arabisch ebenfalls, Urdu war nur noch so viel da, dass ich erkannte, in welcher Sprache sich das Mutter-Tochter-Gespann unterhielt. Nicht ideal, aber eindeutig einträglicher als nichts. Am besten konzentrierte ich mich auf eine Handvoll nützlicher

Idiome, die in den nächsten Jahrzehnten aktuell sein würden: Chinesisch, Arabisch, Türkisch, Kurdisch und Swahili.

Weil das Wetter wirklich einladend war, zog ich ein blaues Hemd und meine beste Knack-arsch-Jeans an und las im Schlossgarten fremd-sprachige Online-Nachrichten, während ich auf Benes Feierabend wartete.

Er machte Überstunden. Als er endlich erschien, passte der Hut wieder nicht zum Outfit, außer-dem trug er dazu seine Laufschuhe statt der Bootsschuhe, die er sonst bevorzugte.

Grundgütiger.

Er musste wirklich durch den Wind sein.

Selbstverständlich bemerkte er auch nicht, dass ich ihm folgte.

Da er schlurfte, für seine Verhältnisse, hielt ich bequem Schritt, aber es dauerte ewig, bis wir an einer Ampel halten mussten. Ich rempelte gegen seine Tasche.

»Tschuldigung«, sagte ich und lächelte. Mit extra Blick durch meine dichten schwarzen Wimpern.

Er musterte mich, und zwar genauso for-schend wie bei unserer ersten Begegnung. Keine Spur von Wiedererkennen, denn dann hätte er et-was anderes gefühlt als Neugier. Oder mir gleich eine Ohrfeige verpasst.

Ich sah weg, bevor er merkte, dass ich mein Lächeln neu sortieren musste. Ganz ehrlich, lieber hätte ich die Ohrfeige genommen als jemanden, der mich kaum freiwillig nach meinem Namen fragen würde. Trotzdem konnte ich meinen Blick nicht lange von ihm lassen. Also linste ich erneut zu ihm, nur um ihn dabei zu erwischen, wie er mich anlinste und wegschaute.

In meinem Magen erwachte ein flatterndes Etwas zum Leben, völlig unbeeindruckt von der krallenbewehrten Klaue, die mein Herz quetschte. Schmetterlinge im Bauch bei gleichzeitigem Wissen, dass es sowieso nichts nutzte und man am besten gleich um die Dinge trauerte, die nicht sein durften. Das erinnerte unangenehm an meine erste jugendliche Verliebtheit.

Dann sprang die Ampel auf Grün, ich zwinkerte Bene zu und verlor mich in der Masse der anderen Pendler.

Für ihn war es ein harmloser kleiner Flirt.

Für mich – ich musste dringend mit dieser Sanja sprechen.

—— —— —— ——

Nora:
Bruderherz, ich mach mir Sorgen.
Sonst lässt du dich doch von miesen
Dates nicht so lange unterkriegen.

Benedikt:

...

...

Erst Sanja, jetzt du.

Nora:

Na dann. Wenn du nicht drüber reden
willst. Wie sieht's mit Pfingsten aus?
Hast du den Dienstag freibekommen?

— — — — —

An: raeucherfee-karlsruhe@web.de
Von: AG
Betreff: Benedikt

Guten Abend, Sanja,
ich benötige Hilfe in Bezug auf
unseren gemeinsamen Bekannten.
Beste Grüße,
Andreas

An: AG
Von: raeucherfee-karlsruhe@web.de
Betreff: Re: Benedikt

OMG! DU bist der Inkubus.
Weißt du eigentlich, wie gern ich dir
den Hals umdrehen würde?

Da! Sie hatte angefangen. Also musste ich nicht ewig um den heißen Brei herumreden.

An: raeucherfee-karlsruhe@web.de
Von: AG
Betreff: Re: Re: Benedikt

Liebe Sanja,
nur zu gut. Ich könnte mich selbst in den Hintern beißen. Leider bin ich kein Inkubus mehr, was Teil des Problems ist.
Am besten setzen wir uns in Ruhe zusammen? Hier ist meine Nummer: 0160 721 666 661
Herzliche Grüße,
Andreas

Kein Grund, die Höflichkeiten zu unterlassen, nur weil die jungen Leute heutzutage keine Manieren mehr hatten, wenn es um elektronische Kommunikation ging.

Zwei Minuten später klingelte mein Telefon.

»Hallo.«

»Oh, bei der Göttin«, sagte eine Frauenstimme. »Du bist Benes Inkubus.«

»Eben nicht«, wiederholte ich. »Also, nicht mehr.«

»Das ist so schräg.«

»Ja.« Was sollte ich sonst darauf antworten? Ich hatte sehr viel mehr Erfahrung im Inkubus-Sein als im Mensch-Sein. Das mit der Rente war ja erst der Anfang. »Wir sollten uns dringend von Angesicht zu Angesicht unterhalten.«

Kurze Stille. »Warum?«

Ah. »Ein Kollege hat Benes Gedächtnis gelöscht, was mich angeht.«

»Ja, das ist mir schon klar.« Sie klang sehr kühl. »Und warum ist das dein Problem?«

Es blieb mir wohl nichts übrig, als mit offenen Karten zu spielen. »Ich mag ihn. Ein bisschen zu sehr.«

»Hm-hmm«, machte sie. »Morgen zwei Uhr am *MultiKulti*?«

»Danke.«

Sie legte auf.

Eine Weile starrte ich mein Telefon an, dann speicherte ich ihre Nummer ein.

Danach Abendessen. Schließlich suchte ich mir Arbeit und übersetzte bis Mitternacht eine Website über Perlenschmuck vom Chinesischen ins Deutsche.

Mittwoch, 24. Mai

Heiter, 21 bis 24 Grad

Am nächsten Vormittag rief ich zunächst beim Finanzamt an und erkundigte mich, was ich tun musste, wenn ich meine Übersetzerei vom Neben- zum Haupterwerb machte.

Danach arbeitete ich bienenfleißig, diesmal an einer Infobroschüre für türkischsprachige sexuelle Minderheiten, bis es Zeit war, Sanja zu treffen. Ausnahmsweise war es trocken geblieben, deswegen nahm ich das Fahrrad.

Sanja war ebenfalls mit dem Rad da und trug ihre wallenden Gewänder – um die aus den Speichen zu halten, bedurfte es wohl einiger Magie.

Sie ließ sich dazu herab, meine Hand zu schütteln.

Im Café bestellten wir beide ein Stück Kuchen zum Heißgetränk der Wahl. Erstaunlicherweise schlürfte Sanja lieber an einem Cappuccino statt an einem Entspannungstee. Andererseits: Von meiner heißen Schokolade mit Sahne schien sie ebenfalls überrascht.

»Also«, sagte sie. »Bitte von ganz vorn.«

Also erzählte ich von ganz vorn, zumindest, was die Geschichte mit Bene anging. Die anderen dreihundertachtundachtzig Jahre vorher vernachlässigte ich, die taten wenig zur Sache, bis auf die Erlösungsklausel. Auf die konnte ich nicht verzichten, auch wenn selbst der umschriebene Wortlaut mehr über meine Gefühle verriet, als ich preisgeben wollte.

Daraufhin betrachtete sie mich mit einer Pokermiene über den Rand ihrer Tasse hinweg, bis ich wegschauen musste – die Ähnlichkeit mit Luzia war zu unheimlich.

»Du verdienst ihn nicht«, befand sie schließlich.

Da waren sie, Ulrich und ich uns einig. Trotzdem. Ich spielte auf Zeit, indem ich mit der Kuchengabel einem letzten Stück Rhabarber hinterherjagte. »Ich weiß.«

»Hmm«, brummte sie und begutachtete mich weiter wie ein Forscher ein seltenes Tier. Dabei musste es sich um eine Schnecke handeln, denn ich wünschte mir dringend ein Häuschen, in das ich mich zurückziehen konnte.

»Also gut«, sagte sie. »Ich recherchiere Lösungen und melde mich.«

Jackpot! Mit Mühe unterdrückte ich ein dämliches Grinsen.

Wir schüttelten uns die Hände wie Geschäftsleute nach einem wichtigen Deal.

— — — —

Benedikt:
Du hast angefangen, du musst es
erklären.

Sanja:

Du meinst meine Andeutung von
gestern?

Benedikt:

Und die von meiner Schwester. Und
Jonah hat nach MEINEM Andi gefragt.
o.O
Was zum Teufel ist hier los?

Sanja:

Teufel ist ein gutes Stichwort.

Benedikt:

Wie bitte

Sanja:

Auf die Gefahr hin, dass du es nicht
glaubst, aber die Hölle hatte dich im
Visier. Mit einem Inkubus namens
Andreas, der sollte Entscheidungen in
deinem Job beeinflussen. Aber er hat
sich in dich verguckt. Genauso wie du
dich in ihn.

Benedikt:

Wie viel von deinen Kräutern hast du
geraucht?

Sanja:
Jedenfalls ist die Sache aufgeflogen,
auch dank deiner Versuche, luzid zu
träumen.

Die Unten haben dein Gedächtnis
bezüglich der ganzen Sache gelöscht,
Andi ist zum Mensch zurückmutiert
und guckt nun wie ein verlassener
Welpe, wenn dein Name fällt.

Benedikt:
Aha
Ich glaube, ich brauche eine Runde
Drogen, damit das plausibel klingt.
Weil ein Sexdämon. Und ich.

Sanja:
Die Umstände sind ihm bekannt, ja.

Benedikt:
...
...
Immer noch nicht.

Sanja:
Ich ruf dich an.

———

Sanja:
Für die Überzeugungsarbeit schuldest
du mir was.
Der ist schlimmer als ein Atheist, der
sich mit einem Zeugen Jehovas
streitet.

Andreas:
Agnostiker sind nur Skeptiker, die sich
nicht festlegen wollen.
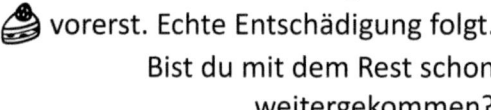 vorerst. Echte Entschädigung folgt.
Bist du mit dem Rest schon
weitergekommen?

Sanja:
Ich musste erst mal rausfinden, ob
Bene mitarbeitet.

Andreas:
Und das hat geklappt?

Sanja:
Ich nehme es an. Du merkst, wenn es
so weit ist.

Das – was für ein kryptischer Mist war denn
das? Und das abends um halb elf, wenn nachteu-
lige Übersetzer gerade ihren besten Lauf hatten.

Ich schüttelte den Kopf, legte das Telefon beiseite und wandte mich meinem Job zu, der einem

marokkanischen Luxushotel neue Kundschaft be-
scheren sollte.

— — — — —

Sanja:
Andreas weiß übrigens, dass du
Agnostiker bist.

Bene:

...

...

Also gut.

— — — — —

Zehn Minuten später pingte mein Telefon schon
wieder.

Ich ließ die Poolbar in Marrakesch Poolbar sein
und stellte fest, dass eine Nachricht von einer un-
bekannten Nummer eingetroffen war: hallo

Also Bildschirm entsperren, neu installierte
App öffnen und feststellen, dass die Person am
anderen Ende der Leitung Bene Dikt hieß.

Ich grinste so breit, dass meine Mundwinkel
wehtaten.

Bene. Bene hatte mir geschrieben! Ich wollte
mir das Handy an die Brust drücken und durchs
Zimmer springen.

Aber.

Jetzt musste ich zurückschreiben, und ich durfte es nicht vermurksen, denn sonst würde er mich nie wieder sehen wollen.

Überhaupt kein Stress. Also: Keine Panik. In unmittelbarer Nähe gab es Handtücher. Die Situation war größtenteils harmlos, und die Antwort war 42.

Jetzt musste ich das nur noch glauben.

Mit schweißfeuchten Fingern begann ich zu tippen.

Andreas:
Hallo, Benedikt. :)

Und jetzt was? Aargh. »Wie schön, dass du dich meldest!« ging nicht, zu onkelhaft. Aber so was Ähnliches ohne pädagogischen Anspruch? So etwas musste mir doch einfallen.

Andreas:
Sanja hat dir meine Nummer
gegeben?

Bene:
Hat sie.

Andreas:
Ich bin ihr zu ewigem Dank
verpflichtet.

Bene:
?

Groß hatte er sich nicht verändert, die Kommunikation verlief ähnlich stockend wie ganz am Anfang.

Andreas:
Ich freu mich gerade wie ein Schnitzel.

Bevor er ein weiteres »?« senden konnte, musste ich das ausführen.

Andreas:
Die Story klingt wirklich sehr weit hergeholt, und trotzdem bist du bereit, mit mir zu reden.

Benedikt:
Übung anwaltlicher Fähigkeiten. Wir haben es dauernd mit haarsträubenden Aussagen zu tun.

Andreas:
:)
Mir sind ehrlich erfundene Geschichten auch lieber.

Das war gerade eine Sackgasse, oder? Ich wollte mir den Schädel an der Wand einrennen.

Mist. Neuer Versuch.

Andreas:
Es muss sehr seltsam sein, so mit
Gefühlen von jemandem überschüttet
zu werden, den du gar nicht kennst.

Bene:
...

...

Sehr.

Und dann passierte lange nichts mehr. Allein, dass er das Gespräch nicht mit einem Vorwand beendete, ließ mich hoffen. Gute Güte. Im Vergleich zu vorher war das hier wie der Versuch, ein totes Pferd zum Rennen zu zwingen.

Andreas:
Keine Panik. Ich bin größtenteils
harmlos.
Willst du ein Selfie?

Bene:
...

...

Hast du gerade einen Anhalter-Witz
gemacht?

Andreas:

42

Ich kann aber auch Star-Wars-, Star-
Trek- und Perry-Rhodan-Witze.

Bene:

...

...

Bist du sicher, dass das hier nicht alles
ein sehr ausgeklügelter Scherz ist?

Es passte offensichtlich zu gut. Wenn ich jetzt
keine Vorsicht walten ließ, würde er tatsächlich
glauben, dass alle seine neuen Bekannten hier in
der Stadt ihm übel wollten und einen Typen mit
einer schrägen Handynummer dazu gebracht hatten, so zu tun, als wäre er der perfekte Partner.
Also schickte ich ihm ein Selfie.

Erneut dauerte es, bis er antwortete.

Bene:
Du hast mich gestern angerempelt.

Andreas:
Habe ich. Ich musste herausfinden, ob
du mich wirklich nicht
wiedererkennst.

Bene:
...

...

Warum?

Oh, beim gleichgültigen Gott. Was antwortete einer auf so eine Frage? Haarspaltereien zur Ablenkung kamen mir genug in den Sinn, aber damit hätte ich seine Zweifel bestärkt. Meine Finger zitterten, ich musste drei Schreibfehler korrigieren, bevor ich die nächste Nachricht abschicken konnte.

Andreas:
Darf ich dich anrufen?

Wieder eine Weile nichts.

Bene:
Tu, was du nicht lassen kannst.

Nicht unbedingt ermutigend. Trotzdem drückte ich auf das Telefonhörer-Icon und wartete.
»Hallo.« Kurz angebunden, zurückgenommen. Aber seine Stimme. Endlich. Erneut stieg dieses dumme Gefühl zwischen Hoffen und Trauer in mir auf.

»Hallo, Bene«, hauchte ich. Mehr kam nicht raus, zwischen dem nervösen Vogelküken in meinem Magen und der Schraubzwinge um mein Herz.

Er musste die Antwort auf seine Frage ahnen, denn er war eine Weile still.

»Sorry«, sagte er dann. »Gute Nacht.«

Aufgelegt.

Ich starrte den Bildschirm an, das rote X und die Information, dass das Gespräch eine Minute und sechs Sekunden gedauert hatte. Ankerlos, wie ein im All gestrandetes Raumschiff, trieb ich durch die Zeit. Ich hätte einfach meinen Job machen sollen. – Aber dann würde ich mich aus anderen Gründen genauso mies fühlen.

Ich hätte einfach Luzias Vertrag nicht unterschreiben sollen und der Menschheit viel Ärger ersparen können, aber die Reue kam fast vierhundert Jahre zu spät. Und die Genugtuung, meine verbleibende Restlebenszeit aus Gram zu verkürzen, die gönnte ich denen Unten auf keinen Fall.

Irgendwann raffte ich mich auf und suchte in meiner Küche Wein, mit dem ich mich betrinken konnte. Dann würde ich wenigstens einschlafen.

— — — — —

Benedikt:

das war gerade sehr surreal

Sanja:

Kann ich mir vorstellen.

Macht er einen netten Eindruck?

Benedikt:

...

...

wieso willst du mich mit diesem typen
verkuppeln?

Sanja:

Will ich gar nicht. Aber ich glaube, er
verdient eine ehrliche Chance.

Überleg mal – er hätte einfach nur
seinen Job machen müssen,
stattdessen riskiert er alles, weil er
dich mag.

Benedikt:

aber dann hätte er mich einfach auf
der straße anquatschen können
stattdessen holt er dich ins boot

Sanja:

Stell dir vor, du müsstest jemanden anflirten, den du gut kennst, und der sich kein bisschen an dich erinnert. Meinst du nicht, dass demjenigen was auffallen würde?

Außerdem finde ich es sehr nobel, dass er will, dass du dich an die komplette Geschichte erinnerst – auf die Gefahr hin, dass du sagst, dass du ihn bei den Altlasten nicht mehr sehen willst.

Benedikt:

Ich muss nachdenken.

Sanja:

Das ist dein gutes Recht. Hab eine gute Nacht. Genieß den Feiertag morgen. ☀

Benedikt:

Ebenfalls.

Donnerstag, 25. Mai, Himmelfahrt

Morgens gewittrig, ab mittags heiter,
21 bis 23 Grad

Benedikt:
Schönen Feiertag euch allen!
Hoffe, ihr habt schon besseres Wetter
als wir.

Nora:
Danke, Bruderherz. Ebenfalls einen
angenehmen Feiertag. ☼ Die Kids
gehen nachher zu den Großeltern,
und ich hab Beauty-Tag, weil Marcus
im Notdienst ist.
Wenn du mittlerweile über dein Date
reden magst, kannst du jederzeit
anrufen.

Benedikt:
Es ist kompliziert.

Nora:
So viel hatte ich mitbekommen ;)
Ernsthaft. Ich mach mir ein bisschen
Sorgen.

Benedikt:

Danke. Aber es ist wie immer nur eine Verwirrung der Gefühle etc. Mit extra religiöser Verwicklung. Und mein Herz ist ja schon relativ wettergegerbt.

Nora:

Glaub nicht, dass ich nicht merke, wenn du mir ausweichst.
Fühl dich gedrückt. Wenn du irgendwas brauchst, sag Bescheid.

— — — — —

Jonah:

Wetter soll ab Mittag trocken bleiben.
Radtour nach Ettlingen?

Benedikt:

Gern. Ich muss sowieso mit dir reden.

Jonah:

Wegen diesem Andreas und der Sache, über die Sanja so geheimnisvoll tut?

Benedikt:

Genau.

Jonah:
Du weißt, dass ich als Aromanti* dazu nicht grade der beste Ansprechpartner bin.

Benedikt:
Du bist eine neutrale dritte Partei, im Gegensatz zu Sanja.

Jonah:
Danke.
Wo treffen wir uns?

— — — — —

Gemäß meinem Alkoholkonsum hatte ich mit vielen Unterbrechungen geschlafen. Mir ging es fast so mies wie den Insekten, die Ulrich nach einer Nachtfahrt von der Scheibe seines Sportwagens kratzte.

Nach Kaffee und einer Dusche fühlte ich mich wieder halbwegs menschlich – das würde ich nie mehr einfach so dahersagen – und warf einen Blick auf mein Telefon. Ich hatte eine Nachricht von Sanja, dass Bene nachdenken musste.

Immerhin war es keine völlige Absage.

Andreas:
Kann ich irgendwas tun?

Sanja:
Ihn in Ruhe nachdenken lassen.

Nichts Neues unter der Sonne, so gut kannte ich Bene schon. Bevor ich wie der verhaltensgestörte Eisbär vor dem Umbau des hiesigen Zoos immer die gleiche Runde durch mein Gehege, also die Wohnung, zog, suchte ich mir Arbeit, die ich mit in den Park nehmen konnte.

Nicht, dass ich viel zustande brachte, denn meine Umgebung litt an einer Überdosis händchenhaltender Paare. Früher waren es entweder weniger gewesen, oder ich hatte sie nicht beachtet. Aber jetzt? Bei jedem lächelnden weiblichen Wesen am Arm ihres Partners kochte mir die Galle hoch.

Neid und Wut, keine besonders nette Kombination. Denn selbst wenn Bene sich erweichen ließ, würde es noch Jahre dauern, bis wir angstfrei in der Öffentlichkeit ein Paar sein konnten.

———— ————

Benedikt:
Kaum einen Schritt weiter.

Sanja:
Wegen Andreas?

Benedikt:

Was denn sonst? Ich frage mich die ganze Zeit, was dieser Typ von mir will.

Sanja:

Frag ihn doch einfach.

Benedikt:

Einfach sagt sie.

Sanja:

:P

— — — — —

Um fünf hatte ich aufgegeben, mich mit Eis über das andauernde Schweigen hinweggetröstet und dann, ganz im Sinne einer ausgewogenen Ernährung, auf dem Heimweg einen Döner hinterhergeschoben.

Die Arbeit ging daheim auch nicht besser vonstatten, daher klickte ich mich durch die aktuellen Wohnungsangebote. Mehr als ein Zimmer war nicht drin, wenn ich nicht in eine WG wollte.

Trotzdem. So recht überwinden, irgendwen deswegen anzuschreiben, konnte ich mich nicht. Stattdessen notierte ich mir Termine für Besichtigungen am Wochenende, wohl wissend, dass die üblichen Vermieter unregelmäßig verdienende Freiberufler mit abgebrochenem Studium nicht besonders attraktiv fanden.

Und eine WG? Wenn ich mit jemandem zusammenleben wollte, dann mit Bene.

Wie durch Gedankenübertragung vibrierte mein Telefon. Textnachricht.

Bene:
Was willst du von mir?

Ich wollte ihn umarmen, küssen, abends an seiner Seite einschlafen, morgens ebenso aufwachen, mit ihm kochen, ausgehen, reden, ihn zum Lachen bringen. Aber wenn ich das jetzt so hinschrieb, würde er abhauen.

Andreas:
Drücken wir es so aus: Ich hoffe auf eine ganze Menge Dinge.
Für den Anfang wäre ich völlig zufrieden, wenn wir uns regelmäßig treffen würden und ich ein paar von deinen wirklich phänomenalen Umarmungen abgreifen könnte.
Und danach müssten wir sehen, wo es hingeht, wie alle anderen Pärchen auch.

<u>Bene:</u>

...

...

Okay, falsche Frage. Was willst du von **mir**?

Oh. Nicht gut. Zugegeben, er erinnerte sich nicht an unser erstes Date. Und selbst wenn, ich hatte mich auch seitdem nicht detailliert dazu geäußert, wie ich mir das vorstellte, so als allosexueller Mensch mit einem asexuellen Liebsten.

<u>Andreas:</u>
Du meinst, weil du ace bist?
Soll ich dir deine menschlichen
Qualitäten auflisten? Unseren
überlappenden SF-Geschmack?
Unseren Hang zu gutem Essen?

<u>Bene:</u>

...

...

Du musst zugeben, dass wir zwei auf den ersten Blick nicht kompatibel sind.

Die meisten Leute würden uns wahrscheinlich genau so lange zu hundert Prozent kompatibel finden, bis die Frage nach Sex aufkam. Ich könnte ihm jetzt irgendetwas schreiben, wahr oder halb-wahr. Aber wer wusste, wie viele Männer ihm schon irgendetwas geschrieben hatten und trotz-dem glaubten, dass er seine Meinung ändern würde?

<u>Andreas:</u>
Glaubst du mir, wenn du die Gründe
per Text bekommst, oder soll ich dich
anrufen?

Es war eine Weile ruhig. Dann klingelte mein Telefon.

Bene!

Ich wischte zum Antworten.

»Hi, Bene!«

Ein Augenblick Stille, währenddessen mir heiß vor Verlegenheit wurde. Ich hatte gerade wie die menschliche Version eines Hundewelpen geklun-gen, dessen Herrchen nach stundenlanger Abwe-senheit in die Wohnung zurückkehrte.

»Hallo«, antwortete er, deutlich reservierter.

»Danke, dass du mich erträgst«, sagte ich. »Ich für meinen Teil habe eher Bedenken, weil ich eine Nachteule bin und du lieber früh aufstehst.«

Daraufhin brummte er unverbindlich. Nun ja. Aber Ehen waren schon an weniger gescheitert.

»Soll ich weiterreden?«, fragte ich. Nicht, dass ich ihn aus lauter Aufregung zutextete.

»Hmm«, machte er. »Wie stellst du dir das vor? Mit uns?«

»Ähm. Ich gehe davon aus, dass du nicht unsere Tagesrhythmen meinst?«

Noch so ein Brummen. Ich wand mich in meinem Bürosessel wie ein Aal.

Mist, ich war ein Inkubus, ich beherrschte Dirty Talk besser als jeder Profi, und wenn ich ein Mal im echten Leben über Sex reden sollte, wenn es darauf ankam, errötete ich wie ein Zwölfjähriger? »Also, die letzten Wochen waren kein Problem, trotz deiner Knutschkünste. Willst du Details?«

Wieder Stille. Dann: »Waren andere Leute beteiligt? Weil ich nicht weiß, ob ich das könnte.«

»Keine anderen Leute.« Auf die Idee war ich nur in meiner Selbstzweifelspirale gekommen. Tatsächlich wusste ich auch nicht, ob ich das konnte. Ich wollte für mich gesehen werden, nicht, weil ich jung, willig und knackig war.

»Den meisten Leuten reicht das nicht.«

Das konnte ich mir lebhaft vorstellen. »Die meisten Leute fühlen sich nicht geliebt, wenn sie nicht begehrt werden.« Verständlich, dass die meisten Menschen sich sowohl mit ihren charakterlichen wie körperlichen Mängeln komplett angenommen fühlen wollten, aber im Grunde ein Denkfehler. Begehren hatte selten viel mit Angenommensein zu tun – ein letztjähriger Gigolo mit vier Kindern von einer Ehefrau und zahlreichen

Affären fiel mir da ein. Seine Alte sei so aus dem Leim gegangen. Dieses verabscheuungswürdige Stück Dreck hatte seiner Frau aus reiner Gewohnheit ein fünftes Kind gemacht, als er schon längst glaubte, dass ich die Liebe seines Lebens sei.

»Mein Ego hält das aus.« Klang das arrogant? Aber es war wahr. Meine Selbstzweifel bezogen sich ausschließlich auf meinen Charakter. Außerdem: »Ich hatte jetzt fast vierhundert Jahre Begehren ohne Liebe, das Gegenteil finde ich ziemlich verlockend.«

Einige ruhige Atemzüge am anderen Ende der Verbindung.

»Okay.«

Ich blinzelte. »Okay?«

»Ja. Sanja soll meinetwegen zaubern. Wird zwar nicht helfen, aber …«

Dazu stellte ich mir eine hilflose, umfassende Geste vor. Anscheinend wollte er sich gern erinnern.

Ich ließ mich gegen die Stuhllehne fallen und atmete aus. »Danke.«

»Bitte«, sagte er, offenbar von meiner Erleichterung überrumpelt.

»Sagst du Sanja Bescheid? Mir wird sie nicht glauben.«

»Ja. Ja, okay.«

»Danke.« Ich wollte nicht auflegen. Sanja hin oder her, ich wollte Bene noch ein bisschen auf der anderen Seite atmen hören.

»Dann gute Nacht«, meinte er nach einer Weile.

Plagten ihn ähnliche Sehnsüchte nach irgendwem, der seine Launen aushielt, zuhörte, anwesend war?

»Ebenfalls«, wünschte ich. »Schlaf schön.«

Ich drückte auf das rote X, damit ich nicht anfing, mehr blumige Grüße hinterherzuschicken. *Träum was Süßes?* Das wäre nicht besonders passend, in Anbetracht der Umstände.

——— ——— ——— ——— ———

Benedikt:

Also gut.

Sanja:

Heißt das, ich soll ein Ritual planen,
um dein Gedächtnis
wiederherzustellen?

Benedikt:

Genau.

Sanja:

Ich hätte erwartet, dass Andreas mir
Bescheid gibt.

Benedikt:

Er behauptet, dass du ihm nicht
glauben würdest.

Sanja:

Hm. Doch.

Bene:

Das ist hohes Lob.

Sanja:

Du hast ihn nicht gesehen. Ich mach
mich morgen an die Arbeit. Gute
Nacht!

Bene:

Ebenso.

Freitag, 26. Mai

Morgens Gewitter, ab mittags vorüberziehende
Wolken, 23 bis 27 Grad

<u>Andreas:</u>
Guten Morgen! ☀

<u>Bene:</u>
Ebenfalls.

Er hatte geantwortet! Beschwingt begab ich mich in Richtung Innenstadt, um mein sauer verdientes Geld in einem Bio-Supermarkt auszugeben.

Gegenüber der schnieken Postgalerie begegnete ich Ulrich, der offenbar sein infernalisches Gehalt in teure Kleidung gesteckt hatte und nun auf dem Weg zum nächsten Parkplatz war.

Er blieb stehen und schien sich nicht entscheiden zu können, ob er feixen oder mich beneiden wollte.

Nicht ganz uneigennützig hielt ich an. »Und, wie geht's?«

»Besser, seit du nicht mehr dabei bist«, schoss er zurück. Wobei er allerdings recht bemüht klang.

»Luzia hat schlechte Laune?«, riet ich.

Er verlagerte doch tatsächlich sein Gewicht wie ein ertapptes Kind. »Dein loses Mundwerk hat uns den Weg zum Verfassungsgericht vorerst verbaut. Ich hoffe, du bist stolz auf dich.«

Mit Mühe unterdrückte ich ein Lächeln und biss mir stattdessen auf die Lippen. Die Unten hatten mit Bene nichts mehr vor, weil er als Zielperson nicht mehr taugte? Oder vielleicht auch, weil Sanja eingeweiht war. Wie schön. Jetzt musste ich nur noch dafür sorgen, dass Ulrich mich weiterhin mit Informationen versorgte. Ich zuckte also auf seinen Vorwurf hin mit den Achseln. »Vorher war das Leben eindeutig bequemer.«

Er nahm diese Offensichtlichkeit als Zeichen meiner Niederlage und grinste gehässig. »Du bist immer noch das gleiche Weichei«, verkündete er. »Bis die Tage.«

Ohne einen Gruß von mir abzuwarten, schlenderte er davon.

Samstag, 27. Mai

Nieselschauer, vorüberziehende Wolken,
25 bis 30 Grad

Bene:
Guten Morgen. Leider kein
Sonnenschein.

Andreas:
Korrekt. Wünsche trotzdem einen
angenehmen Samstag. :)

—— —— —— —— ——

Ich musste an mich halten, Sanja nicht auf die
Nerven zu fallen. Was bedeutete es, dass Bene mir
heute geschrieben hatte? Ich saß zwar nicht ganz
auf glühenden Kohlen – das hatte ich einmal an
den Fußsohlen live gehabt, das fühlte sich anders
an –, aber mich konzentrieren konnte ich trotzdem nicht.

Am frühen Nachmittag gab ich das Arbeiten
für den Tag auf und ging eine Runde spazieren.
Danach war es für eine Weile etwas besser, aber
mich juckte es trotzdem in den Fingern, statt Lob-
preisungen eines Hotels am Schwarzen Meer
lieber Bene zu schreiben und ihn zum Essen ein-
zuladen, obwohl ich es mir nicht leisten konnte.

Sonntag, 28. Mai

Nieselschauer, vorüberziehende Wolken,
28 bis 32 Grad

Bene:
Immer noch einen guten Morgen trotz
Regen.

Draußen sah es so aus, als würde es bald aufhören. Aber als ich mein Frühstück unterbrach, um den Himmel zu inspizieren, war die nächste Wolke schon im Anmarsch. Dieser Mai konnte sich auch nicht zwischen Hochsommer und April entscheiden.

Andreas:
Ebenfalls. Irgendwie passt das gerade
zu meiner Laune.

Bene:
?

Andreas:
Ich hätte nur gern gewusst, wie es
weitergeht – also ähnlich wie:
Regnet's gleich oder regnet's nicht?

Bene:
Ja.

Kino?
Guardians of the Galaxy?*

An den Pünktchen erkannte ich, dass Bene zu mehreren Antworten ansetzte, aber bei mir kam nichts an. Nicht gut.

Das war zu schnell gewesen. Dabei war Kino doch relativ unverfänglich, oder? Man konnte im Dunkeln kuscheln, musste aber nicht.

Sollte ich gleich um Verzeihung bitten? Aber er überlegte häufig sehr lange, also besser abwarten, auch wenn das nicht meine beste Übung war. Ich tigerte zwei Runden um den Küchentisch, setzte mich in Ermangelung anderer Möglichkeiten dann und aß brav mein ultragesundes Müsli auf.

— — — — —

Benedikt:
Hilfe!

Jonah:
Wieso?

Benedikt:
Andreas will mit mir ins Kino.

Jonah:
Der Typ, an den du dich aus geheimnisvollen Gründen nicht erinnern kannst? Also hast du beschlossen, mit ihm zu reden.

Benedikt:
Genau.
Wir kommen erstaunlich gut miteinander zurecht.

Jonah:
Und wieso brauchst du nun meine Hilfe? Aromanti hier.

Benedikt:
Ich brauch keinen Beziehungsratgeber, ich brauch einen Puffer, damit ich nicht allein neben dem im Dunkeln sitze.

Jonah:
Aha.

Benedikt:
Guardians of the Galaxy?

Jonah:
Wenn der Star Lord ruft ... Dafür ertrag ich auch eure schrägen Vibes.*

— — — — —

Bene:

...

Kann ich wen mitbringen?

Durchatmen. Wir stellten fest: Er war der Sache nicht abgeneigt, brauchte aber einen Anstandswauwau, damit wir uns unverbindlich beschnüffeln konnten. Immerhin war er neugierig genug, um mich treffen zu wollen und hatte irgendwen aufgetrieben, der unsere aufgewühlten Nerven ertragen wollte.

Andreas:

Logisch.

Bene:

Okay. Wann?

Andreas:

Wart mal ...

Von dem vorsorglich bereitgestellten Laptop schrieb ich die diversen Kinozeiten ab und hatte dann ein Nicht-so-richtig-Date um 17 Uhr in der Innenstadt.

Wie geil. Ich saß nicht mehr auf meinem schicken, mittelmäßig bequemen Küchenstuhl, sondern auf einer flauschigen rosa Wolke. Putten umflatterten mich und streuten glitzernde Herzchen. Alles würde gut werden.

Eine Weile grinste ich mein Telefon an, bis meine Mundwinkel wehtaten.

Danach konnte ich sogar beinahe konzentriert arbeiten.

Als ich fünf Minuten vor der verabredeten Zeit am Kino eintraf – ich wollte ja nicht zu verzweifelt wirken – standen da Bene und der schwarz gekleidete, bebrillte Nerd, den Bene an jenem verhängnisvollen Sonntag getroffen hatte, an dem ich ihn zum ersten Mal beschattet hatte.

Wenigstens wusste ich jetzt, warum sie ihren Kuchen fotografiert hatten.

Ich setzte mein bestes Lächeln auf.

»Hi«, sagte ich.

»Hi«, antwortete Benedikt.

Der bebrillte Nerd streckte mir seine Hand entgegen. »Jonah, hallo.«

»Andreas.«

Danach Karten kaufen. In der Schlange für Popcorn war es erstaunlicherweise Jonah, der das Schweigen brach. »Und, was haltet ihr so von den anderen Filmen?«

Über das Konvolut, welches das Marvel-Kinouniversum darstellte, ließ sich trefflich streiten. Waren die schwulen und asexuellen Lesarten Absicht? War es Queer-Baiting, verfolgten die Autoren der Filme also das Ziel, damit mehr nicht-heterosexuelles Publikum anzulocken, nur um es am Ende zu enttäuschen und vor den Konservativen einzuknicken? Diese Diskussion unterbrachen wir, um Jonah aufzuziehen, der die amerikanische Vorliebe für salziges Popcorn von seiner Mutter geerbt hatte.

»Ich kauf uns ein großes mit Zucker«, sagte ich zu Bene. Der gab dem Angebot mit einer Geste statt. Anscheinend hatten meine Einlassungen ihn davon überzeugt, dass der Platz in der Mitte für ihn sicher war.

Weshalb ich in den Genuss kam, ihn links an meiner Seite zu wissen und mir mit ihm das Popcorn zu teilen. Was aber wiederum dazu führte, dass ich grübelte: Wie viel Ellenbogenraum durfte ich nutzen, ohne aufdringlich zu wirken?

Konnte ich es arrangieren, gleichzeitig mit ihm in die Tüte zu greifen, oder war das zu viel?

Jonah verhinderte mit einem gezielten Kommentar über den Winter Soldier, dass ich in Ehrfurcht und Unschlüssigkeit erstarrte.*

Es stellte sich heraus, dass Bene verständlicherweise mit den Gedächtnislücken selbiger Figur nachfühlen konnte und diesbezüglich Meinungen hatte. Kurz darauf wurden wir dafür von einer Gruppe Halbwüchsiger in der Reihe vor uns böse angeschaut.

»Yo, Mann, der Winter Soldier ist nicht schwul«, sagte der Mutigste unter ihnen schließlich zu uns.

»Das nennt man dann wohl Heten-Baiting«, meinte ich.

Meine Begleiter schmunzelten maskulin-zurückhaltend, die beiden Anfangzwanzigerinnen neben mir kicherten. Sie mischten sich ein, und wir unterhielten uns alle fünf gut, bis das Licht im Saal heruntergedimmt wurde.

Dies und das Feuerwerk auf der Leinwand entschädigten mich fast dafür, dass Bene keinen Körperkontakt suchte. Ich selbst hielt mich auch lieber zurück, da es sich eindeutig nicht um ein Date handelte.

Hinterher standen wir noch eine Weile an der Straßenbahnhaltestelle und diskutierten weiter, dann trennten sich unsere Wege.

Wäre ich im Vollbesitz meiner magischen Kräfte gewesen, ich wäre ihnen unsichtbar gefolgt und hätte belauscht, was sie so über mich zu sagen hatten, aber das ging ja nun nicht mehr. Bestenfalls konnte ich versuchen, bei den nächsten Textnachrichten zwischen den Zeilen zu lesen.

— — — — —

Sanja L. hat dich zur Gruppe
Exorzismus-KA hinzugefügt

Sanja:
Hallole. Ich habe jetzt einen Ansatz,
aber noch nicht alles Zubehör
beisammen. Könnt ihr
Mittwochabend? So um sieben?

Bene:
Geht klar.

Andreas:
Ebenfalls.
Was hast du vor?

Sanja:
Erster Versuch ist ein Opfer an den
Odins-Aspekt der Gottheit.

Andreas:
Wegen der Raben, die alles sehen?

Sanja:
Unter anderem.

— — — — —

Andreas:
Danke für den netten Nachmittag.

Bene:
Ich hab zu danken, war immerhin
deine Idee.

— — — — —

Sanja:
Jonah sagt, ihr wart mit Andreas im Kino.
Bevor ich ihm jedes Detail einzeln aus der Nase ziehe: Wie wars?

Benedikt:
Nett.

Sanja:
Also bitte.

Benedikt:
Keine Lüge.
Wir haben uns gut unterhalten.

Sanja:
Muss ich doch Jonah ausfragen? ;)

Benedikt:
Es war keinen Moment langweilig und er hat mich einmal zum Lachen gebracht.

Sanja:
Siehste, geht doch.
Also wäre das wiederholbar?

Wieso findest du das wichtig?

Sanja:
Na ja, wenn du ihn jetzt schon nicht
ausstehen könntest …

Benedikt:
Dann hätte ich dir wohl kaum grünes
Licht für den Mittwoch gegeben.

Montag, 29. Mai

Morgens bewölkt, mittags bis 34 Grad

__Benedikt:__
Guten Morgen ☀

            __Andreas:__
            Ebenfalls ☀
          Schon fleißig am Arbeiten?

__Benedikt:__
Kaffeepause zwischen Aktenbergen.

            __Andreas:__
   Ich frühstücke gerade. Dafür habe ich
    heute Nacht bis um elf geschuftet.

__Benedikt:__
Also dann, Mahlzeit.

            __Andreas:__

Es sollte heiß werden, es bot sich an, einen Biergarten zu suchen. Aber wollte ich mir so tief in die Karten gucken lassen? Mist.

— — — — —

__Gruppe asKA__
__Jonah:__
Irgendwer Biergarten heute Abend?

Sanja:
Gern. Halb acht?

Benedikt:
Klingt gut.

DasKris:
Ihr könnt geiles Zeug machen, ich
muss arbeiten. Dabei wäre doch
bestes Wetter für ein Date?

Benedikt:
Er hat nicht gefragt.
Und ich hab ihn gestern erst gesehen.

DasKris:
Ah, klar. Nicht zu verzweifelt
erscheinen, wie?

Benedikt:
...
Wahrscheinlich.
So ungefähr.

Sanja:
😳 Kerls.

DasKris:
Männer! Frauen! Vegetarier!*

Sanja:
Mehr 😳 in Richtung des vegan
lebenden Menschen mit den
neutralen Pronomen.

Dienstag, 30. Mai

Bewölkt, mittags 29 Grad

Andreas:
Morgen! ☀

Benedikt:
Du bist um drei ins Bett? Ernsthaft?

Andreas:
Jupp. :D

Benedikt:
Das ist mir selbst an Wochenenden zu spät.

Andreas:
Hab bis halb elf gearbeitet und dann den letzten Liu Cixin fertiggelesen.*

Benedikt:
Wehe, du verrätst mir das Ende.

Andreas:
So etwas würde ich nie tun, aber am Schluss stirbt Darth Vader.

Benedikt:

Bist du sicher, dass du nicht stattdessen lustige Kräuter geraucht hast?

Andreas:

:P

—— —— —— —— ——

Gruppe Exorzismus-KA

Sanja:

Und damit zu den letzten Instruktionen.

Ich brauche euch frisch gewaschen und in sauberer, möglichst loser Kleidung. Keine Skinny Jeans!

Wenn ihr es schafft, fastet ihr nach dem Frühstück, als Geste des guten Willens für den Gott der Weisheit.

Benedikt:

Der Spätaufsteher hat gewonnen.

Andreas:

Ich werde mir aus Solidarität auf acht Uhr den Wecker stellen.

Benedikt:

Meiner geht um halb sieben.

Mittwoch, 31. Mai

Um die Mittagszeit leichter Regen, sonst heiter,
bis 25 Grad

Andreas:
Guten Morgen. ☀
<leicht verwackeltes Foto von Rührei
in der Pfanne>
Als Beweis, dass ich nicht erst um halb
zwölf aufstehe.

Benedikt:
Ebenfalls guten Morgen. Und zwei
Dumme, ein Gedanke, ich hab
ausnahmsweise auch warm
gefrühstückt.

— — — — —

Sanja lebte in einem etwas heruntergekommenen
Altbau in der Karlsruher Oststadt, vierter Stock
ohne Aufzug. Ich war zwar sehr pünktlich, aber
trotzdem der letzte. Außerdem gefiel mir gar
nicht, wie sehr ich nach dem Aufstieg schnaufte
– jetzt, wo die Hölle ihre Finger nicht mehr im
Spiel hatte, konnte ich mich wohl oder übel nicht
mehr mit ein bisschen Krafttraining durchlavieren,
sondern musste mich auch um meine Kondition

kümmern. Immerhin, in Bene hätte ich einen zuverlässigen Begleiter beim Joggen.

Die Räucherfee empfing mich mit einem Händeschütteln, Bene ebenfalls. Er trug ein schlabberiges T-Shirt über einer altmodisch weit geschnittenen Jeans, die tatsächlich used-washed war, also so oft getragen und gewaschen, dass sie ihre blaue Farbe gerade noch erahnen ließ.

Das Outfit war ein Sakrileg an diesem Körper. Andererseits, ich hatte eine Naturleinenhose mit Hemd herausgekramt, die ich vor einigen Jahren gebraucht hatte, um neben einer anthroposophisch angehauchten Zielperson nicht aufzufallen. In dem Farbton sah ich aus wie eine aufgewärmte Leiche.

Tatsächlich beäugte Sanja uns von oben bis unten. »Lose Kleidung ist nicht so eures, hm?«

Wir schauten uns an, dann sie.

»Nicht wirklich«, meinte ich.

»Dafür ist nach der Rente noch Zeit«, ergänzte Bene.

Sie schüttelte den Kopf. »Wie geht's dem Kreislauf mit dem Fasten bei dem Wetter?«

Ich zuckte mit den Achseln. »Ich hatte wenigstens keine Energie, mich zu sehr aufzuregen.« Aber gearbeitet hatte ich trotzdem sehr langsam. Mein Hirn brauchte seinen Zucker.

Benedikt brummte etwas, das vielleicht eine Zustimmung war.

Wir mussten unsere Schuhe ausziehen, uns die Hände waschen und wurden in ein Zimmer gebeten, das unverkennbar als Hexenküche diente. Es gab eine Wand mit Bücherregal, einen großen Arbeitstisch, und darüber einen Schrank voller Zutaten: Kräuter in Gläsern, Flüssigkeiten in kleinen Flaschen, Setzkästen voller Heilsteine, Kartons, um die fertigen Mischungen einzupacken. Dicke Kladden und Stifte für Notizen, Kerzen in allen Farben. Auf dem pockennarbigen Parkett darunter stand ein Korb voll bunter Stoffreste und Schnüre, außerdem ein Dreifuß zum Räuchern.

Auf den verbliebenen sechs Quadratmetern freiem Boden war mit rotem Ocker ein Kreis angedeutet. Diverse Gerätschaften warteten auf ihren Einsatz, unter anderem eine klare Weinflasche mit goldbraunem Inhalt. Sanja griff über dem Kreis in die Luft, tat so, als öffnete sie einen Vorhang.

»Der Kreis ist offen, doch ungebrochen. Bitte, tretet ein.«

Ich ließ Bene den Vortritt, der die Stirn runzelte, aber tat wie geheißen. Augenscheinlich war er skeptisch, was den Erfolg dieses Unternehmens anging.

Hinter uns sagte Sanja: »Ich schließe den Kreis als Schutz vor allen bösen Mächten.«

Dann dirigierte sie uns rechts und links neben sich, wies uns an, die Hände in einer Bittgeste zu verstauen, statt die Arme zu verschränken, und hob das erste Utensil auf: einen mit Moos bewachsenen Stein.

»Ich rufe den Wächter des Turmes im Norden«, deklamierte sie, »das Element Erde, Hüter der Erdkruste. Ich bitte dich, unterstütze uns bei unserem Unterfangen.« Daraufhin setzte sie den Stein im Norden des Kreises ab. Vor dem Chaos in ihrem Nähkorb wirkte er wie ein Fremdkörper.

Nun bewegte sie sich im Uhrzeigersinn weiter am Kreis entlang und entfachte ein Räucherstäbchen, Weihrauch. »Ich rufe den Wächter des Turmes im Osten, das Element Luft, Hüter unserer Atmosphäre. Ich bitte dich, unterstütze uns bei unserem Unterfangen.«

Zugegeben, ich hatte gereimte Sprüchlein erwartet – in dem von mir ausspionierten Hexenforum machten einige holprige Gedichte die Runde. Sanjas Varianten waren schlicht, hätten lächerlich sein sollen, doch im Osten, wo rechts von mir das Stäbchen brannte, schien etwas zu sitzen, mich anzusehen und meine lästerlichen Gedanken zu verurteilen. Ich wagte einen Blick, aber da war nur das Fenster mit Aussicht in den trostlosen Innenhof.

Das Gefühl des Beobachtetwerdens intensivierte sich, als Sanja für das Feuer im Süden, den Erdkern, eine Kerze entzündete.

»Ich rufe den Wächter des Turmes im Westen, das Element Wasser, Hüter der Ozeane. Ich bitte

dich, unterstütze uns bei unserem Unterfangen.«
Eine Schale Wasser gegenüber der Tür.

Egal wo ich hinschaute, das Zimmer war das
selbe, aber die Haare in meinem Nacken stellten
sich auf, als stünde die Luft unter Strom und
würde gleich Funken schlagen.

Bene schien es ähnlich zu ergehen, er rieb sich
über die nackten Unterarme, bevor Sanja miss-
billigend die Lippen schürzte und er wieder den
betenden Händen von Albrecht Dürer alle Ehre
erwies.

Sanja zog den lose sitzenden Korken aus der
Flasche, goss etwas – Met, es roch nach Met – in
einen Kelch und hob ihn mit beiden Händen der
Zimmerdecke entgegen.

»Odin«, sagte sie. »Du hast unter großen Opfern die Weisheit der Runen erfahren. Von deinem Thron Hlidskialf aus kannst du die ganze
Welt sehen. Deine Raben streifen durch die Lande
und erzählen dir, was du wissen musst. Wir bitten dich um deine Hilfe.«

Eine Weile passierte nichts, dann wirbelte die
Luft vor uns, die Kerzenflamme zitterte, und wie
eine Fata Morgana, halb durchsichtig, war da
plötzlich ein alter Mann mit Augenklappe, auf
dessen beiden Schultern je ein Rabe kauerte.

Einer davon krächzte. Im Zimmer wurde es
düster wie bei Sonnenuntergang, ein kühler Luft-
zug strich wie eine Drohung über meinen
Rücken.

Die Erscheinung klaubte Sanja den Kelch aus der Hand und kippte den Inhalt hinunter.

»Wer wagt es, mich zu rufen?«

Ich meinte, das Knarren im Segel eines Wikingerschiffes aus der Stimme zu hören.

Sanja stellte uns alle ganz artig vor, als sei die Erscheinung eine lose Bekanntschaft ihrer Eltern, die sie bei einem förmlichen Anlass traf. »Ich bin Sanja, Hexe und Kräuterfrau. Dies ist Andreas, ein ehemaliger Inkubus. Und hier ist Benedikt, der einige Erinnerungen vermisst.«

Odin kniff sein eines Auge zusammen und beugte sich näher zu Bene, dem mittlerweile Schweißperlen auf der Stirn standen.

Der zweite Rabe krächzte.

»Darum habt ihr Haufen Zaunreiter mich gerufen. Damit ich wiederherstelle, was die Riesen gestohlen haben.«

Ah ja. Andere Religion, anderes Konzept für Chaos und Böses.

Benedikt räusperte sich zwei Mal. »Ich wäre sehr dankbar dafür.« Trotz allem klang er atemlos, als hätte er tatsächlich nicht damit gerechnet, dass etwas passieren würde.

»Dankbarkeit.« Odin spuckte aus. »Nein, der Preis ist zu gering. Eins deiner Augen, als Futter für meine Raben.«

Aber –

Das konnte er nicht ernst meinen.

Mir musste ein Geräusch entfahren sein, denn Odins Nase war auf einmal nur noch zehn Zentimeter von meiner entfernt. Ihn umwehte ein süßlicher Hauch wie entfernter Verwesungsgeruch. Odin Galgengott. Seine Pupille eröffnete den Blick in einen fremden Sternenhimmel.

»Du, du hast ihn in diese Schwierigkeiten erst gebracht.« Er schnüffelte. »Dir haftet noch der Schwefel an, du Verräter an Midgards Rasse.«

Das wusste ich ja. Mir war schon bewusst, dass Bene etwas Besseres verdient hatte als mich und dass er wohl kaum mit mir reden wollen würde, sollte dieses Ritual von Erfolg gekrönt sein. Aber dazu musste Odin bezahlt werden, und Benes Auge war ein zu hoher Preis.

Da kam mir eine Idee. Augenlicht war unbezahlbar, aber ohne den Job als Inkubus musste ich nicht mehr schön sein. »Kannst du die Narben sehen?«, fragte ich Odin.

Er legte den Kopf schräg. »Ich kann alles sehen.« Ein eiskalter Finger strich meine Hand entlang. »Krumme Knöchel, hm? Schmerzen in den Schultern bei Wetterumschwung. Und die Brandmale … ja, die Brandmale.« Er leckte sich über die blassen Lippen, als freue er sich auf eine Delikatesse. »Der Folterknecht hat die peinliche Gerichtsordnung recht frei ausgelegt, nicht wahr?«

So ungefähr. Meiner Vermutung nach hatte er an einem krassen Fall von internalisierter Homophobie gelitten. Bevor ich Gefahr lief, nicht zu gestehen und daher vielleicht zu überleben, nahm er in Kauf, dass ich im Zuge der Ermittlungen verstarb. Wenigstens hatte er mein Gesicht in Ruhe gelassen. »Dann nimm meine heile Haut, aber lass sein Auge in Ruhe.«

Der Allvater schien das Angebot zu überdenken, rieb sich das Kinn, nickte.

»Nein«, sagte Benedikt.

Odin wirbelte herum. Auf einmal war ein Wanderstock in seiner Hand, dessen Knauf vor Benes Kinn schwebte.

Eine falsche Bewegung, und Benes Nasenknochen stak in seinem Hirn.

»Du Wurm willst um den Preis verhandeln?«

»Der Preis ist zu hoch. Das ist es nicht wert.«

»Pah«, machte Odin. »Dafür ruft ihr mich her? Als könntet ihr mit mir Geschäfte machen wie mit einem eurer Händler?«

Die Raben krächzten dazu.

Sanja streckte ihm die Flasche mit dem Met hin, Odin griff danach, der Stab verschwand von einem Herzschlag zum nächsten.

»Wir bitten um Verzeihung, Allvater«, sagte Sanja. »Wir wollten tatsächlich nur erfragen, welchen Preis Eure Hilfe hätte«, behauptete sie. »Und das wissen wir nun. Nehmt diesen Met als Zeichen unserer Dankbarkeit.«

Odin grummelte Unverständliches, dann gluckerte er die goldene Flüssigkeit in einem Zug hinunter.

Er verschwand in einem Wirbel aus Rauch, die Flasche fiel auf den Boden, kullerte weiter, blieb aber wie durch ein Wunder heil.

Sanja hechtete der Buddel hinterher, hatte wahrscheinlich Angst um ihren Kreis.

Im Parkett prangte eine neue Macke.

Wenn sich alle Gäste hier so benehmen, dachte ich, *muss ich mich nicht wundern, wieso der Boden so ramponiert ist.*

Benedikt lachte.

Hatte ich laut gedacht?

»Oh mein Gott.« Seine Hand landete auf meiner Schulter. Er war blass um die Nase und Schweiß färbte seinen Haaransatz dunkel. »Das war das Absurdeste und Gruseligste, was mir je in meinem Leben begegnet ist.«

Nun ja. Beinahe. Die heutige Jugend hatte es größtenteils besser als ich damals. Trotzdem nickte ich. Hob einen Mundwinkel. »Solcher Fantasykram ist halt nichts für SF-Nerds.«

Er schüttelte den Kopf, als könnte er nicht fassen, dass ich versucht hatte, über diesen Fehlschlag gerade zu witzeln. Dann sah er mich an.

Und sah mich noch ein wenig an.

Ich konnte ebenfalls den Blick nicht losreißen. Hatte Odin wirklich gedroht, diesem Mann ein Auge zu nehmen? Dabei hatte Bene so schöne Augen. Braun, mit goldenen Sprenkeln.

»Du hättest ihn dich wirklich entstellen lassen?«, fragte Benedikt. Auf einmal war er sehr nahe bei mir. Auf einmal klopfte mein Herz viel zu schnell, als wollte es nachträglich gegen den Schrecken protestieren.

Ich holte Luft. »Natürlich. Damit du dich an mich erinnerst.« Meine Hand fand seine Wange, obwohl er sein Gedächtnis davon auch nicht wiedererlangen würde. Aber ich musste wissen, dass er ganz war. »Du brauchst deine Augen noch. Was sind da ein paar gerade Finger? Und offene Schuhe trage ich sowieso nicht.«

Er lächelte, als hätte er Schmerzen, als täte die Liebe weh.

Tat sie das nicht immer?

Ich konnte nicht wegschauen.

Seine Hand griff nach meiner. »Du brauchst deine Finger auch noch. Wie willst du mir denn sonst schräge Nachrichten über Darth Vader schicken?«

Langsamer als vorher, mit mehr Tippfehlern. »Es wäre die Sache wert gewesen«, flüsterte ich.

»Die paar Erinnerungen?« Er beugte sich zu mir, bis seine Stirn gegen meine stieß. »Nein. Dann erzählst du mir eben die Kurzfassung, und dann machen wir neue.«

Obwohl mich schon sehr viele Leute unbekleidet gesehen hatten, mich an den unmöglichsten Stellen berührt hatten und mich sie berühren hatten lassen – nie hatte ich mich jemandem so nahe gefühlt wie Benedikt gerade. Weil er einen ehemaligen Inkubus mit einem schlechten Gewissen und einem Hang zu Albernheiten sah, und nicht die makellose Verpackung, für die Luzia gesorgt hatte.

Und das ganz ohne die Handvoll orchestrierte Träume.

Ich drückte einen kurzen Kuss auf seine Lippen, weil ich ihm meine Dankbarkeit irgendwie mitteilen musste.

Er jagte hinterher, und dann küsste er mich, und ich wusste endlich, wie er schmeckte. Es war ein schöner Kuss, um des Küssens willen, um der reinen Freude an der Anwesenheit des anderen.

Irgendwann löste er sich von mir, aber er hielt mich fest, als könnte ich weglaufen, als würde ich Odin zurückholen und den Deal doch noch durchziehen wollen.

Ich war froh, dass er mir verboten hatte, meine gesunden Zehen zu opfern, denn ohne die hätte ich mich wahrscheinlich nicht auf den Füßen halten können, so leicht war mir der Kopf.

Benedikt Niehaus kannte meinen Namen, sah mich und wollte mich trotzdem küssen.

Jemand räusperte sich.

Sanja.

»Also. Tja dann. Sieht so aus, als hätte es funktioniert, auch wenn es nicht getan hat, was es sollte.« Sie schaute an uns vorbei zum Fenster hinaus. »Ich würde vorschlagen, ihr tragt eure Zuneigungsbekundungen woanders hin.«

Erneut öffnete sie den imaginären Vorhang. »Der Kreis ist offen, doch ungebrochen.«

Bene umarmte sie. »Danke. Ich schulde dir eine Kiste Met.«

»Ist schon okay. Den Allvater hat eine auch nicht alle Tage im Haus.«

Danach war ich an der Reihe.

Sie linste mich an. »Du bist schwul, oder?«

Ich musste überlegen. So richtig hatte mich das noch niemand gefragt und eine ehrliche Antwort erwartet. Wenn man von geplatzten Vernunftehen absah: »Jupp.«

»Dann lass dich drücken.«

Also ließ ich mich drücken. Sie war sehr weich und durchaus talentiert darin, Umarmungen zu verteilen, die einen von innen wärmten. Aber nicht so gut wie Bene.

Ich stieg aus dem Kreis, Bene nahm meine Hand bis in den Flur, wo wir unsere Schuhe sortieren mussten.

Vor dem Haus blieben wir stehen. »Burger«, sagte ich.

»Gern«, sagte er.

Wir schlenderten, uns verstohlene Blicke zuwerfend, bis zu dem stylischen Burgerladen am Kreisverkehr. Fanden einen Tisch draußen, bestellten, schlürften Cola, aßen, ohne zu reden. Sein Fuß fand meinen unter dem Tisch, als müsste er sich vergewissern, dass ich noch da war.

Gut. Sonst hätte *ich* angefangen zu füßeln.

Bevor ich protestieren konnte, hatte er für uns beide die Rechnung beglichen und stand auf.

»Ich begleite dich nach Hause«, sagte ich. »Wenn ich dich schon nicht einladen durfte.«

Er legte den Kopf schräg. Wollte er nicht heimgebracht werden wie ein Mädchen aus einem alten Film? »Wieso begleite ich nicht dich nach Hause? Immerhin habe ich dich eingeladen.«

Ah. Er hatte noch nicht genug von mir? Er hatte noch nicht genug von mir!

Aber er wartete auf eine Antwort, stattdessen grinste ich wie ein Betrunkener. Also atmete ich tief durch. »Weil ich in der Weststadt wohne und es sich zu dir angenehmer läuft.« Damit bot ich ihm meinen Arm an.

Bene hakte sich unter. »Woher weißt du, wo ich wohne?«

»Es stand in der infernalischen Akte.«

»Hmm.«

Wir brauchten überhaupt nicht lange, um ein angenehmes Tempo zu finden, flanierten den Häuserblock entlang nach Süden zur Durlacher Straße und durch das Work-in-Progress, das eine Parklandschaft hinter dem Gottesauer Schloss werden sollte.

Erst, als wir an der Ampel warteten, die uns über die B10 zu seiner Wohnung bringen sollte, räusperte er sich.

»Sorry, dass ich so schweigsam bin. Ich muss das hier alles erst mal verdauen.«

»Ist schon in Ordnung. Man trifft nicht alle Tage eine nordische Gottheit.«

»Das auch.« Er schaute die zehn Zentimeter zu mir herunter, und ich wusste nicht, ob er amüsiert oder völlig verwirrt war, oder beides. »Normalerweise küsse ich auch niemanden, ohne vorher ein paar Dinge klarzustellen.«

»Keine Zunge, und die Hände bleiben über der Gürtellinie«, zitierte ich ihn.

»Außer, wir kennen uns wirklich sehr gut.«

»Na dann. Weiß ich ja, worauf ich hinarbeite.« Ich drückte meine Schulter gegen seinen Oberarm, damit er wusste, dass ich auch so zufrieden war.

Die Ampel sprang auf Grün, wir gingen weiter.

»Morgen trifft sich ein Table-Top-Rollenspielclub, den wollte ich mal beschnuppern«, sagte Benedikt. »Aber am Freitag habe ich Zeit.«

Offenbar kannte er mich gut genug, um zu ahnen, dass mich Rollenspiele nur bedingt interessierten. Wahrscheinlich sollte ich mir ein Hobby suchen, damit ich nicht in seiner Hosentasche lebte und andere Leute kennenlernte. Einsamkeit im Alter – über so etwas musste ich mir jetzt auch Gedanken machen, da ich heutzutage bessere Aussichten hatte, über siebzig zu werden, als während des Dreißigjährigen Krieges.

Vielleicht konnte ich nebenbei sogar die Welt verbessern?

»Freitag syrisches Essen im *Al Ouard?*«, fragte ich.

»Haben die Tamarindenlimo?«

Ich lachte und zog ihn zu mir für einen kurzen Kuss. Mitten auf dem Gehweg. Weil es 2017 war und ich es durfte.

»Offensichtlich haben wir dieses Gespräch schon mal geführt.«

Oh ja. Ich seufzte. »Wir haben es aber nicht bis zum Restaurant geschafft. Ich komm dich um fünf nach der Arbeit abholen, ist nicht weit vom Schloss.«

»Gut. Und am Samstag CSD.«

»Ehrensache.«

Die letzten Schritte zu seinem Hauseingang taten wir in einträchtiger Stille. Ich bekam noch einen Kuss, und dann war er weg.

Bis Freitag.

— — — — —

AVEN-Forum – Sichtbarkeit und Organisation – Christopher Street Day Karlsruhe 2017

miami-vice schreibt:

Also, Erinnerung: Am Samstag ist es soweit. @das_kris und ich freuen uns über Besuch an unserem Infostand! Wir sind ab 11 Uhr da.

— — — — —

Gruppe asKA

<u>Jonah:</u>

Hiermit noch mal die Erinnerung:
Samstag ist CSD. DasKris und ich
freuen uns über Besuch am Infostand.

<u>DasKris:</u>

Yo, Benedikt, bring dein Date mit, ich
will den auch treffen.

<u>Benedikt:</u>

Dafür, dass wir uns auch nicht
persönlich kennen, hast du es aber
eilig mit dem Antrittsbesuch.

Freitag, 2. Juni

Heiter, 25 Grad

Das *Al Ouard* war ein voller Erfolg, aber ewig konnten wir dort nicht sitzen bleiben.

Etwas unschlüssig standen wir draußen auf dem Gehsteig. Der Abend war so jung, dass er kaum angefangen hatte.

»Cocktails?«, fragte ich. »Oder Wein auf meinem Balkon, solange ich noch einen habe.«

Bene legte den Kopf schräg.

»Selbst, wenn die Hölle keine Kündigung ausgesprochen hätte, könnte ich mir die zwei Zimmer in der Lage bald nicht mehr leisten.«

»Hmm.« Bene drückte mir die Schulter. »Wie schade. Wo finden wir Wein?«

»In meinem Keller«, sagte ich und bot ihm meinen Arm an.

Wir wurden ein wenig begafft, als wir in Richtung meiner Wohnung spazierten, was sich mit den Umfrageergebnissen deckte – Homosexuelle sollten ruhig heiraten dürfen, aber in der Öffentlichkeit sehen wollte uns trotzdem kaum jemand.

»Du trinkst viel Wein?«, fragte Bene auf halber Strecke.

»Ich bin aus Würzburg«, teilte ich ihm mit. »Frankenwein ist unumgänglich.«

»Aber sauer.«

Da musste ich ihm teilweise recht geben. Trotzdem. »In meiner Sammlung befinden sich auch halbtrockene und liebliche Frankenweine.«

Er machte ein interessiertes Geräusch, daher wühlte ich aus meinem Keller zwei Buddeln eines Gebräus, das dick und süß wie roter Traubensaft war, aber sehr viel mehr Umdrehungen hatte.

Wir trugen sie in den zweiten Stock, ich ließ ihn mein Wohnzimmer inspizieren, während ich auf dem Balkon Ordnung schuf. Das Teil war etwa doppelt so groß wie eine Briefmarke – wenn man die Beine hochlegen wollte, passte nur ein einziger bequemer Stuhl drauf, aber ich schob ihn zur Seite und holte einen von meinen Küchenstühlen. Auf die Brüstung stellte ich eine Kerze zur lauschigen Beleuchtung. Wein öffnen, einschenken.

Ich störte Bene in der Betrachtung meiner Büchersammlung, die hauptsächlich aus einstmals frisch gekauften Erstausgaben bestand.

»Guter Geschmack«, sagte er.

»Danke.« Ich drückte ihm ein Glas in die Hand. »Du hast die Wahl zwischen einem Polster und einem kurzen Fluchtweg.«

Er nahm den bequemeren Sitzplatz. Punkt für mich.

»Deine Jules-Verne-Sammlung muss ein Vermögen wert sein«, meinte er.

»Die geb ich nicht her.«

»Nein?«

So viel Geld würden mir meine Schätzchen nicht einbringen, dass ich davon bequem leben könnte. Außerdem. »Die waren eine Erleuchtung, damals«, gab ich zu. »Würdest du deinen ersten *Perry Rhodan* verschenken?«

Er kratzte sich hinter dem Ohr. »Mein Vater liest die, seit er sechzehn ist. Seit dem ersten Band. Ich hab vorne angefangen zu lesen, als ich so zwölf war. Mittlerweile lese ich elektronisch, aber er sammelt immer noch die Hefte.«

Ich seufzte vor Neid. »Ich hab meine auf dem Flohmarkt verkauft. Zu wenig Platz hier drin, und im Keller wären sie verschimmelt.«

Er streckte den Arm aus und streichelte meine Schulter. »Ich kann verstehen, was du mit Erleuchtung meinst.«

Von da aus mäanderten wir über die letzten Entwicklungen unserer liebsten Heftromanserie zu anderen Büchern, die wir die letzte Zeit gelesen hatten.

Irgendwann wurde es frisch, also zogen wir auf meine Couch um.

Gegen Mitternacht gähnte Bene. »Ich sollte wohl heimgehen.«

Und ich sollte ihn heimschicken. Aber. »Eigentlich will ich dich noch nicht hergeben.«

Ich wollte ihn überhaupt nicht mehr hergeben, aber das konnte ich ihm noch früh genug mitteilen.

Bene legte den Kopf schräg.

»Du könntest die andere Hälfte von meinem Bett haben? Oder die Couch?«

Die Couch war ein wenig kurz, aber ich zumindest konnte darauf schlafen, wenn ich über einem Buch einnickte.

Er tippte sich gegen die Lippen. Das erforderte offensichtlich einiges Nachdenken. Ich ließ ihn.

»Bett«, sagte er.

Echt jetzt? Ich strahlte ihn an, weil ich damit überhaupt nicht gerechnet hatte. »Ich hab noch eine frische Zahnbürste, und ein T-Shirt kann ich dir auch leihen.«

Er nickte, woraufhin ich ihm mehr Wein anbot.

Samstag, 3. Juni

Tagsüber trocken, bis 28 Grad, abends Regen

Ich ließ ihm im Bad den Vortritt, während ich ein Kissen und die zweite Decke für ihn bezog. Somit konnte er in Ruhe schnüffeln – da machte ich mir keine Illusionen. Wenigstens den Kram im Spiegelschrank würde er untersuchen.

Zweiter Vorteil war, dass er sich einrollen konnte, bis ich wieder rauskam. Halb erwartete ich, dass er vorgab, zu schlafen, aber er wünschte mir tatsächlich eine gute Nacht, bevor ich das Licht löschte.

Wann hatte ich mir das letzte Mal im echten Leben mit jemandem ein Bett geteilt und keinen Sex geplant oder gehabt?

Vor 1630 auf jeden Fall.

Glücklicherweise waren Benes gleichmäßige Atemzüge gut dazu geeignet, meine Gedanken zu beruhigen und mich in den Schlaf zu lullen.

Irgendwann, draußen war es schon hell, erwachte ich, weil er durch die Wohnung tapste. Als ich das nächste Mal aufwachte, saß er neben mir im Bett, daddelte auf seinem Handy herum und lächelte mich an.

»Guten Morgen.«

»Morgen«, sagte ich und befreite einen Arm

aus meiner Decke, um ihm die Haare glattzustreichen.

Er fing meine Hand ein, wir sahen uns eine Weile an. Dann beugte er sich zu mir und küsste mich. Seinen morgendlichen Mundgeruch war er bereits losgeworden, so er darunter litt, und meiner schien ihn nicht zu interessieren.

Ich konnte nicht aufhören. Wir knutschten, ich mit den Fingern in seinen Haaren. Wenn ich leicht daran zupfte, machte er nämlich Geräusche, die direkte Signale in meinen Unterleib sandten, und er hielt meine Schultern fest, als würde ihn alles andere überwältigen.

Dankbarerweise blieben sämtliche Beweise meiner Begeisterung sittsam unter der Decke verborgen, aber nach einer Weile wurde es schmerzhaft.

Ich riss mich los. »Ich bin mal duschen und«, ich wedelte mit der Hand, um anzudeuten, dass ich das Gleitmittel brauchen würde, das neben dem Duschgel stand.

Ein Kuss auf meine Schläfe. Er wirkte ziemlich zufrieden dafür, dass ich ihm keinen Orgasmus verpasst hatte. »Ich schau solange nach Frühstück.«

Irgendwie hatte ich eine größere Diskussion oder mehr Drama erwartet. Erst, als ich zu Kaffeeduft meine Küche betrat und von Bene einen weiteren Kuss bekam, ging mir auf, dass das alles eine Prüfung gewesen sein musste, und ich sie bestanden hatte.

Royal Flush, Baby. Trotz oder eher wegen der A-Karte.

Dienstag, 26. September

Tagsüber bis 20 Grad, sonst kühl und teilweise neblig

Gruppe asKA

<u>Benedikt:</u>
Leute, Andi zieht auf den 15. Oktober zu mir.

<u>DasKris:</u>
Überraschung!
Also, nicht.

<u>Jonah:</u>
Gratulation.

<u>Sanja:</u>

Ihr braucht Umzugshelferlein,
verstehe ich die Ankündigung richtig?

<u>Benedikt:</u>
Wie immer liest du zwischen den Zeilen. Es sind hauptsächlich Bücher und ein paar Möbel, den Hausrat verkaufen wir größtenteils, aber wir brauchen noch wen, der das alles zum Leihwagen trägt und dann in meine Wohnung.

14. Oktober, 14 Uhr vor Andis
Wohnung. Wer mithilft, bekommt
hinterher von Andi gekocht.

DasKris:
Bestechung ist das!

Benedikt:
Andi kann auch vegan kochen.

DasKris:
Ich WEISS. Count me in.

Jonah:
Mich auch.

Sanja:
Ich sowieso. Ich komm am Morgen bei
dir vorbei und reinige die Räume,
wenn du magst.

DasKris:

Benedikt:
Genau. Und Sanja: Danke, gern.

Glossar

42 – Die Antwort auf die Frage nach dem Leben, dem Universum und dem ganzen Rest. Leider weiß niemand, wie die Frage lautet.

Allo/Allosexuell – Alle Menschen, die sich nicht zum asexuellen Spektrum zählen.

Anhalter-Serie – Fünf Bücher von Douglas Adams. Erster Band: *Per Anhalter durch die Galaxis*. Titelgebend ist ein Reiseführer für abenteuerlustige Wesen. Auf dem Einband steht: »Keine Panik«. Die Erde wird als »größtenteils harmlos« beschrieben. Auf Reisen durch das All sollten Sie neben dem Reiseführer noch ein Handtuch im Gepäck haben. Siehe auch Eintrag: 42

Aromanti – Eine aromantische Person.

Aska – Ursprünglich polnisches Ace-Sprech für »eine weibliche asexuelle Person«.

Captain Janeway – Kapitänin des Raumschiffs Voyager aus dem Enterprise-/Star-Trek-Universum

Guardians of the Galaxy – Marvel-Disney-Weltraumspektakel. Siehe auch Eintrag: Star Lord.

Hipster – Ich wette, 99,99 Prozent aller Lesenden blättern nur nach hinten, um zu schauen, was hier steht. Hipster sind nicht unbedingt sehr jung, nicht unbedingt urban, in der Regel aber mit guter Ausbildung und tragen eine dieser großen Brillen. Plus Jutebeutel, Karohemd, häufig auch Frisur mit Side- oder Undercut. Weibliche Hipster neigen zu Ponyfrisuren, männliche zu gepflegten Bärten und diesen kleinen Haarknoten oben am Hinterkopf.

KA – Autokennzeichen für Karlsruhe.

Kuchen – Insiderwitz der asexuellen Community, die sehr wahrscheinlich lieber Kuchen statt Sex hat.

Liu Cixin – Science-Fiction-Autor aus China.

Männer, Frauen, Vegetarier – Comedyprogramm von Jürgen von der Lippe.

Minions – Die kleinen ovalen gelben Kerlchen, die immer so lustig rummurmeln.

Moonlight – Oscars 2017, Bester Film, die Biographie eines schwulen Schwarzen Jungen aus einem armen Viertel Miamis.

Perry Rhodan – Die älteste deutsche Science-Fiction-Heftroman-Serie um einen Astronauten selbigen Namens.

QUILTBAGPIPE – queer/questioning, undecided, intersex, lesbian, transsexual/transgender, bi, asexual, gay, pansexual, intersex, polysexual/pansexual, everyone else who wants under the umbrella. = queer/fragend, unentschlossen, intersex, lesbisch, transsexuell/transgender, bi, asexuell, schwul, pansexuell, intersex, polysexuell und alle anderen, die mit unter den Schirm wollen.

Schwarzer Ring, bevorzugt am rechten Mittelfinger – Ein nicht sehr zuverlässiges Erkennungssymbol für asexuelle Menschen.

Star Lord – Hauptfigur der »Guardians of the Galaxy«-Filme. Raumschiffpilot mit losem Mundwerk.

Winter Soldier, auch bekannt als Bucky Barnes – Figur des Marvel-Kinouniversums mit Metallarm und eklatanten Gedächtnislücken.

Dankeschön und Anmerkungen

Wie immer schulde ich meiner patenten Alphaleserin Iris einiges. Carmen und Irina haben sich wieder als die weltbesten Betas erwiesen, Uschi Gassler hat für die Printausgabe Grammatikprobleme und Tippfehler ausfindig gemacht. Hinweise zum BverfG kamen von Rebecca. Alle verbliebenen Fehler sind meine.

Dass ich teilweise mit Emoticons und teilweise mit Emojis arbeite, ist übrigens Absicht: Unicode und Open Office vertragen sich nicht so gut. Die vorhandenen Emojis habe ich daher als Grafiken bei emojipedia ausgeliehen.

Zum Weiterlesen über Asexualität und das asexuelle Spektrum empfehle ich die Linksammlung »Infos zu A_sexualität« bei AktivistA.net. Ein gutes Buch auf Deutsch lässt auch ein Jahr nach dem ersten Entwurf dieses Romans auf sich warten. Anscheinend muss ich selbst eines schreiben …

Wer eher den Austausch sucht, findet beim AVEN-Forum, in einschlägigen Facebook-Gruppen, bei tumblr und bei den Ameisenbären Menschen zum Reden. Manche davon organisieren sogar Stammtische.

Wer noch mehr Aces in Hauptrollen lesen will, gehe einfach zu meinem Roman »Albenzauber« weiter. Da ist dann mehr Fantasy und weniger Romanze drin.